U0495099

甜蜜的死亡气息

[墨] 吉勒莫·阿里加 著
刘家亨 译

中信出版集团·北京

图书在版编目（CIP）数据

甜蜜的死亡气息 /（墨）吉勒莫·阿里加著；刘家亨译. -- 北京：中信出版社，2018.7
ISBN 978-7-5086-8841-1

Ⅰ.①甜… Ⅱ.①吉…②刘… Ⅲ.①长篇小说－墨西哥－现代 Ⅳ.①I731.45

中国版本图书馆 CIP 数据核字（2018）第 069960 号

Un Dulce Olor a Muerte
Copyright ©2007 by Guillermo Arriaga
Published in arrangement with RDC Agencia Literaria S.L.,
through The Grayhawk Agency.
Simplified Chinese translation copyright ©2018 by CITIC Press Corporation
ALL RIGHTS RESERVED
本书仅限中国大陆地区发行销售
本书中译文由南方家园文化事业有限公司授权。

甜蜜的死亡气息

著　　者：[墨]吉勒莫·阿里加
译　　者：刘家亨
出版发行：中信出版集团股份有限公司
　　　　　（北京市朝阳区惠新东街甲 4 号富盛大厦 2 座 邮编 100029）
　　　　　（CITIC Publishing Group）
承　印　者：山东鸿君杰文化发展有限公司

开　　本：880mm×1230mm　1/32　印　张：7.125　字　数：123 千字
版　　次：2018 年 7 月第 1 版　　　　印　次：2018 年 7 月第 1 次印刷
广告经营许可证：京朝工商广字第 8087 号
京权图字：01-2018-2598
书　　号：ISBN 978-7-5086-8841-1
定　　价：45.00 元

版权所有·侵权必究
凡购本社图书，如有缺页、倒页、脱页，由销售部门负责退换。
服务热线：400-600-8099
投稿邮箱：author@citicpub.com

Contents 目录

Chapter I	阿德拉	001
Chapter II	学校	009
Chapter III	卡梅洛·洛萨诺	017
Chapter IV	阿德拉起死回生	025
Chapter V	新住民	035
Chapter VI	黑裙子,蓝上衣	044
Chapter VII	杀人凶手	054
Chapter VIII	加芙列拉·包蒂斯塔	062
Chapter IX	其他人的夜晚	076
Chapter X	情书	095
Chapter XI	一个手掌又三根手指头宽	108
Chapter XII	星期二	129
Chapter XIII	点25口径德林杰双管手枪	146
Chapter XIV	杀他的最佳手段	170
Chapter XV	一夜之前	198
Chapter XVI	终章	203
Cast	出场人物	221

Chapter I 阿德拉

1

拉蒙·卡斯塔尼奥斯正忙着拍拭柜台上的灰尘,这时,远方传来一阵锐利刺耳的尖叫声。他竖起耳朵,只听到清晨的低喃。他想,大概是鸟鸣吧,这儿山上的雏鸟挺多,便又回到手边的工作。他搬来一个架子,准备好好整理一番。不久,那叫声又一次传了过来,这次距离更近、更清楚,接二连三停不下来。拉蒙把架子搁在一旁,一个蹬步翻过了柜台,想到门外看看到底发生了什么事。星期天一大清早,连个鬼影都没有,但那叫声却越来越激烈、越来越紧凑。他站到路中央,看到远方有三个小伙子边跑边喊:

"死人啦! ……死人啦!"

拉蒙跑向他们,拦下其中一名少年,另外两个人已经在巷弄间消失无踪。

"发生什么事了?"他问。

"死人啦!……死人啦!……"少年咆哮着。

"谁死了？在哪儿？"

少年一语不发，一股脑朝原路奔窜而去。拉蒙追上他，两人一起沿那条通往河畔的小径跑到一亩高粱田埂前。

"那里。"少年惊魂未定，伸出食指，指着河岸大喊。

尸体就躺在排水沟里。拉蒙小心翼翼地靠近，每靠近一步，他的心就揪得更紧。女尸浑身赤裸，仰面倒在一摊血泊中。只消看上一眼，他的视线就没办法移开。十六岁时，他就多次在梦中赏玩女人赤裸的身躯，但他从未想过，自己第一次真正碰到的女人裸体竟是一具死状如此凄惨的尸首。此刻，比起色欲熏心，他更诧异不已，他的目光在女尸光滑、平静的皮肤上移动：真是一具青春肉体，双臂向后伸展，一腿微微弯曲，仿佛在乞求一次最后的拥抱。这样的画面把拉蒙给吓坏了。他咽了咽口水，深吸几口气，闻到空气中飘散着一股廉价的花香香水味。他有股冲动，想过去牵挽女人的手，扶她起来，然后跟她说，别骗人了，其实你根本没有死。女人依然安静、赤裸。拉蒙脱下身上的衬衫——星期天才会穿的那件——试着替她盖上。凑近看，他才认出对方是阿德拉，背后中了数刀。

2

一大群好奇的人跟随另外两位少年跑过来，聚在路旁喧闹、起哄，他们离尸体很近，就差没有踩上去了。然而，女尸的惨死情状让大家安静了下来。人们在现场逗留，四处徘徊。几个人鬼鬼祟祟，正在打听死者是什么人。拉蒙这才察觉，女尸仍衣不蔽体，便空手折了几杆高粱，将她裸露的部位遮盖住。一旁的人惊讶地观察他的一举一动，就像一群打扰私人仪式的不速之客。

一名白发苍苍的肥胖男人在人群间开道。他叫胡斯帝诺·特列斯，是洛马格兰德合作农场[1]的镇代表。有那么一刻他裹足不前，没胆穿过拉蒙与女尸身边的围观群众。其实，就这样混在人群里置身事外，看看热闹也挺好的，但他代表地方当局，不得不介入此桩命案。他朝地上吐了口痰，三个大步向前，跟拉蒙交头接耳，没人知道他们到底说了什么，接着他便跪在尸体旁，掀开覆盖的衬衫，仔细端详女尸的面容。

---

1 合作农场（Ejido）指政府持有、由农民集体共同耕作经营的农地，在墨西哥农业人口的生活中扮演了重要角色。合作农场制度最早可追溯至阿兹特克帝国，直到西班牙殖民时代才被监护赋征制（Encomiendas）取代。1917 年，墨西哥立法废除监护赋征制，1934 年，合作农场制度得以重建，将土地归给拓垦者。

镇代表花了好一段时间检查尸体，结束后又帮女尸把衬衫盖回去，费了好一番功夫才从地上站起来。他"啧"了一声，从长裤口袋取出一条大手帕，揩去脸上不断滴落的汗水。

"谁快去弄一台骡车来。"他命令道，"我们得将她弄回镇上才行。"

在场群众不为所动。眼见没人理睬他的命令，胡斯帝诺的目光扫过一旁看好戏的群众，在茫茫人海中搜索，最后落到一个瘦到不成人形、双腿畸形的少年——帕斯夸尔·奥尔特加身上。

"动作快，帕斯夸尔，赶紧把你爷爷的骡车弄来。"

仿佛突然从梦里惊醒，帕斯夸尔先瞥了尸体一眼，再看看镇代表，然后头也不回地往洛马格兰德的方向奔去。

胡斯蒂诺和拉蒙两个人面面相觑，不发一语。人群窃窃私语的窸窣声中，几个好奇的人在问：

"死者是谁啊？"

没人知道女尸到底是谁。然而有人像宣判般冷冷响应了一句：

"是拉蒙·卡斯塔尼奥斯的女友。"

大家开始你一言、我一语，沸沸扬扬争嚷了好几秒后，除了零星的蝉鸣，一股沉重的寂静压制了全场。空气被太阳烧得炽热，地面散发滚烫的气流,一点风都没有,就连可以冷却这具死尸的一丝微风也没有。

"她从中刀到现在还没过多久呢。"胡斯帝诺压低嗓子说,"尸体到现在还没有僵硬,也还没被蚂蚁吃掉。"

拉蒙不知所措地望着他。胡斯帝诺把声音压得更低,接着说:

"她被杀害还不到两个小时。"

3

帕斯夸尔驾着骡车回来。他尽可能把车停靠在死者附近,人群纷纷退到一旁按兵不动,观望了好一阵子。拉蒙果断地将双臂伸到尸体下,一鼓作气将尸体抬起来,一只手却不小心摸到了黏稠的伤口。他吓了一大跳,赶紧粗鲁地将手缩回。衬衫跟高粱秆全都滑落下来,女尸再度呈现一丝不挂的状态,人们病态的目光也紧紧窥觑眼前赤裸的肌肤。拉蒙试图捍卫阿德拉最后的尊严。他转了半圈,背对众人退着走,绕过田埂,其他人急忙向后闪避,给他让开一条路,但没有半个人想帮他一把。他跌跌撞撞退走到骡车旁,温柔地将瘫软的死尸放上去。帕斯夸尔递来一条毯子让他将尸体盖上。

胡斯帝诺凑近过来检查了一番，确保一切安然无恙，这才下令："帕斯夸尔，赶紧把她弄走吧。"

少年跃上驾驶座，鞭打了骡子几下，车子开始颠簸上路，尸体在车板上摇来晃去。群众尾随在后，谣言在送葬队伍中获得证实：被杀的这个女人，正是拉蒙·卡斯塔尼奥斯的女友。

胡斯帝诺和拉蒙伫立原地，目送队伍离开，尸体的温热触感仍令拉蒙震惊不已，他觉得自己的血管仿佛就要起火燃烧，他想念方才扛在肩上那股沉甸甸的感受，此刻反倒觉得与某个一直属于自己的东西脱离了。拉蒙望着自己的双臂，上头留有细微血迹，他闭上双眼，心中猛然萌生一股欲念，想要冲过去一把抱住阿德拉。这念头使他顿时头晕目眩、乱了阵脚，感觉自己或许马上就要晕过去了。

这时，胡斯帝诺的声音将他唤醒。

"拉蒙。"胡斯帝诺唤道。

他睁开双眼。天空无比湛蓝，万里无云，高粱茎秆红得发紫，已是收成的时节了。死亡，成为他对搂在怀中这个女人的回忆。

胡斯帝诺弯腰捡起掉落在地上的衬衫，递给拉蒙，拉蒙条件反射似地接过来，那件衬衫早已被染上一片血红。拉蒙没将衬衫穿回去，而是把它系在腰际。

镇代表走向拉蒙，在他面前停下脚步，挠了挠头。"我得向你坦白，"他说，"我他妈还真不知道死的人到底是谁。"

拉蒙缓缓吁了一口气，他大可以对自己说，其实自己也不知道。他见过阿德拉，但也不过就是那五六次，那是她出现在自己店里帮忙跑腿时。阿德拉身形修长、双眸灿亮，拉蒙那时就挺喜欢她，也向胡安·卡雷拉打听到她的名字是阿德拉。拉蒙对她的认识就从这个名字开始，但现在，他见到的她浑身赤裸，两人居然靠得这样近，好像自己打从这辈子一开始便认识她了。

"阿德拉，"拉蒙嘴里咕哝着，"她叫阿德拉。"

镇代表皱起眉头，这个名字没有为他提供什么线索。

"阿德拉。"拉蒙又重复了一遍，仿佛"阿德拉"这个名字自己脱口而出。

"阿德拉，她姓什么？"胡斯帝诺追问。

拉蒙耸耸肩。镇代表的目光往下俯看先前的陈尸地点，向周遭探索是否有任何残余的蛛丝马迹，但现在那儿只留下一大片血渍，以及龟裂的土块间依稀能够辨识出来的几枚脚印。胡斯帝诺紧咬这条线索不放：脚印从田亩的方向走来，然后一路走，最后消失于通往河畔的步道。他弯下身子，摊开手心丈量长度，其中一个脚印有一个手掌那么长：这是阿德拉的脚印。另一个约莫有一个手掌又三根手指头那么长：这是凶手的足迹。阿德拉的脚印与她最后裸足的模样相吻合，凶手的足迹则显示他穿着高跟牛仔靴。

胡斯帝诺深吸了一口气，给出结论：

"杀了她的家伙个子不高不矮、不胖不瘦，没说错吧？"

拉蒙几乎半推半就地点了点头，他根本没听到胡斯帝诺说了什么。胡斯帝诺一只脚翻动地面上的砂土，接着说：

"她是被一把又大又锐利的刀杀死的，心脏被一刀刺成两半。"

他在现场翻来找去，想知道凶器的下落，但没有寻获，于是接着说：

"她倒下时正面朝下，但凶手把她翻了过来，为了能好好看清她的脸，所以就成了现在这副……就像一句话说到一半的模样。"

白翼的鸽群从他们头顶上空掠过。胡斯帝诺盯住它们，直到它们消失在地平线彼端。

"还真是红颜薄命啊。"听那句话的语调，好像他是说给自己听的，"妈的，好端端没事怎么就会被人给杀了呢？"

拉蒙连转过身来瞪他一眼的力气都没了。胡斯帝诺朝地上啐了一口痰，一把抓住他的胳膊，搀扶他走回去。

Chapter II 学校

1

拉蒙和胡斯帝诺返回洛马格兰德。大批送葬人马被烈日与风沙弄得精疲力竭,一动不动,大伙儿陪在推车边,守着阿德拉的尸体,静静等候他们归来。另一群邻居早已加入看热闹的行列,谣言老早在他们之间传开:拉蒙的女友被人杀了。

哈辛多·克鲁斯——镇上的宰牛屠夫兼公墓掘墓人,向拉蒙靠拢过来。

"这下我们该怎么办才好?"他问拉蒙。

胡斯帝诺表现出不耐烦的模样,这儿的老大明明是他,什么大小事都得先问过他的意见才对。

"把她带到学校去吧。"拉蒙下令。

哈辛多乖乖听从指示,当他准备退下去听命行事时,马上又被镇代表拦住了。

"顺便通知这姑娘的父母。"

哈辛多满心好奇地望着他。

"她的父母是谁啊?"

胡斯帝诺耸耸肩,转向拉蒙,等待他答复,但拉蒙毫无头绪。

"我认识他们,"卢西奥·埃斯特拉达的太太艾维丽娅说,"他们就住马塞多尼奥·马塞多家再过去两个围墙那儿。"

数个月前,马塞多尼奥的家还是洛马格兰德最偏远的一户。然而,太多从外地来到这儿建立家园的人,造成小镇边界每个礼拜都在不断改变。

"那么,艾维丽娅,请你帮一个忙吧,"胡斯帝诺用沙哑的嗓音请求,"替我转告他们出了什么事。"

大伙儿将阿德拉挪移到学校。没有任何理由,拉蒙就站在最前头领着这支送葬队。群众全都不敢轻举妄动,等着他踏出第一步。

学校有两间大教室,他们将女人尸体平放在其中一间教室的地板上,有人在地上铺了一张席子,免得尸体被泥巴弄脏,然后又在上面替她盖了帕斯夸尔的盖毯。有人在房间四个角落分别点上了四支蜡烛,以便照亮尸体。人潮开始涌入大教室,大伙儿你推我挤,无非就为了靠近尸体,越近越好,以便看清楚事情进展到什么步骤。

然而，人群的狂热与躁动并没有侵犯到拉蒙，仿佛有什么未知的事物在他与众人之间划下一道无形的边界。

2

现场人满为患、闷热难当。拉蒙的表哥佩德罗·萨尔加多从人群中朝他走来。

"表弟，关于你女友的事，我很遗憾。"他说。拉蒙疑惑地打量他。

"什么女友？"

佩德罗拥抱他，满嘴散发酒气。

"还有我挺你啊，表弟。"他悄悄在拉蒙耳边说。佩德罗松开拉蒙，脱下自己的衬衫交给拉蒙。"拿去穿吧，事情已经够惨，我们可不想看你打着赤膊东奔西跑。"

拉蒙这才意识到自己上身赤裸。

"不了，感谢你。"他羞愧地指着系在自己腰上的衬衫说，"我的上衣在这儿呢。"

佩德罗目光涣散地看着他，张着嘴拍拍自己胸口。

"表弟，你的衬衫真是脏透了，先拿我这件去穿吧，我是真心想帮你。"

拉蒙不多加思索接过衬衫，向对方做了致谢的手势，他的表哥也拍拍他的背以示回应。

"绝绝对对，拉蒙，为你我愿赴汤蹈火。"一股酸楚涌上心头，他眼泛泪光，亲吻拉蒙的额头。"我知道你很爱她。"佩德罗嘴里叨念，摇摇晃晃地走开。

拉蒙试着追上他，想向他解释自己从未与阿德拉交往。阿德拉跟他的关系，就像她与其他人的关系一样，其实非常生疏，但层层人群阻挡了他的去路。想到表哥早已喝得烂醉，拉蒙的心宽慰多了。

"他连自己在说什么恐怕都搞不清楚吧。"他心想。

他检查佩德罗的衬衫，有汗渍和酒的难闻气味，但好歹比他自己的上衣干净。他穿上衬衫，扣上钮扣，衬衫比他的大了一号。

命案爆发迄今不到一小时，拉蒙女友的死讯已一传十、十传百，传遍洛马格兰德的每个角落。

人潮杂沓围绕在学校周边，人人都想打听拉蒙与这具神秘女尸之间的风流韵事，还有不少人借机发表高见。胡安·卡雷拉声称自己是死者生前的挚友，事实上，他不过在很久以前某个六月周四清晨曾向她道过一声"早安"罢了，人家甚至懒得回应他。

"是我把她介绍给拉蒙的,"他再三强调,"他们能在一起还不都多亏了我。"

3

卡斯塔尼奥斯家的老寡妇正忙着给梅尔基亚德斯和佩德罗·埃斯特拉达送她的鲫鱼去鳞,看见送葬大队人马在远方好几个街区外浩浩荡荡前进,她不怎么放在心上,不过就是星期天清晨传教士们举办的庆典罢了,想想便又回到手上的活儿。她刚杀了鱼,正打算清洗内脏残渣,处理到一半,玛丽亚·加娅和爱德维赫·洛韦拉便登门拜访,前来报讯。她俩争先恐后,抢着发言,事情的来龙去脉就这样被摊放在老寡妇眼前。老寡妇诧异极了,她从不知道自己儿子原来跟一个名叫阿德拉的女孩有这么一段,拉蒙也从未向她坦承自己有女友。话说回来,拉蒙这小子不会因为疯狂陷入恋情便不断透露给人知道,因为这样一来,一桩好姻缘就会见光死。不,他们之间的八卦纯属子虚乌有,就算确有其事,老寡妇又怎可能将如此天大的事给遗漏了?然而,她那群朋友倒是挺坚持:拉蒙先前与阿德拉正在交往,然后,阿德拉清晨被人谋杀了。老寡妇不愿相信这种论调。爱德维赫·洛韦拉提议,不妨大家陪她一起到学校瞧瞧,以辨真伪。老寡妇慨然接受,把鱼搁进小桶子,用盐巴抹过鱼身,再盖了一张瓦楞纸板,以防招惹苍蝇。

到了学校,老寡妇见到自己儿子就在大教室一隅,顿时,心中对于朋友捎来消息的真伪疑虑彻底烟消云散。拉蒙看上去既悲伤又痛心,那是只会在刚失去挚爱的男人身上见到的。

卡斯塔尼奥斯家的老寡妇迟疑了片刻,不知道自己该不该上前慰问她的幺子,最终也没能提起勇气,因为她明白,拉蒙散发出来的那种哀恸不是她能够抚平的。她满心不舍地离开了大教室。

4

仍旧持续有人加入这个临时搭起的灵堂,大教室已容纳不下更多人。外头的人想挤进来,里头的人却没有出去的打算,谁都想留在现场。大家交头接耳谈起这段夭折的恋情,一面闻着空气中弥漫的尸臭,一面任凭这事不关己的苦痛折磨着自己。

为了让教室里站得下更多人，几个凑热闹的路人将课桌椅、一面大黑板以及所有占据空间的物品全搬了出去。他们搬动课桌椅时过度轻慢，以致好几张课桌椅被摔成两半。洛马格兰德镇这一区唯一的教师玛加丽塔·帕拉西奥斯早已绝望至极，她铆足了全力想阻止这伙撒野的镇民。她一边比手画脚，一边破口大骂：

"快把尸体从这儿搬走。难不成你们非得把小朋友都吓死？他们如果再也不愿意回学校念书怎么办？"

她的抗议丝毫起不了作用，大人们根本不予理会，比起听她情绪激动的唠叨，他们对命案背后的传言感兴趣多了。甚至在场的孩子一点也不害怕，仿佛被大人感染了狂热，群聚在教室玻璃窗外，面对这不寻常的事态，他们一心只想探个究竟。

即便百般不情愿，胡斯帝诺·特列斯仍从鼓噪的人群中打探到难以回避的真相：阿德拉生前是拉蒙的女友。起初他是打死不愿相信，宣称这只是空穴来风，纯属虚构。然而，同样说词被大家转述了无数次，就连他也开始不得不信了。如此一来，降临在拉蒙身上的不幸，连同他无比空虚的眼神、咬紧的牙关，也都有了解释。然而，胡斯帝诺疑惑，为什么拉蒙早先不愿向他坦承，甚至连他与阿德拉间的关系都隐瞒？

胡斯帝诺·特列斯虽然身为合作农场的镇长，但并未兼任警长

一职,他不费心追究自己心中的疑惑,反而出其不意地脱口说:

"你倒是隐瞒得挺好嘛。"

一开始,拉蒙没注意到胡斯帝诺的话是冲着自己来的,但镇长说完后仍紧紧盯着自己,他才意识到,或许那句话是针对自己。

"隐瞒?什么事?"

胡斯帝诺微笑撇过头,指向一旁裹住阿德拉遗体的尸布。

"她是你女友这件事。"

这令拉蒙惊愕不已,他整个人结巴起来,着力辩解道:

"才不是……她……跟我……"

话还来不及说完,不知谁突然喊道:

"巡警来啦!"

Chapter III 卡梅洛·洛萨诺

1

两部灰蓝色小卡车直闯学校大门，车急促停下，粗暴又刻意地扬起一阵风沙，把一旁的孩子们全都吓得半死。有个男人从其中一辆卡车上走下，正是曼特城辖区的警长卡梅洛·洛萨诺。卡梅洛其实不习惯星期天出来巡逻，但今早一醒来，直觉便告诉他，洛马格兰德这儿肯定出了什么大事。

"跟随我的直觉准没错。"他对自己的部属这么说，要所有人都上车待命，自己则毫不犹豫，在仿佛秃鹰一般的本性驱使之下一路驱车，走了四十多公里蜿蜒崎岖的山路，直抵镇上。

"嘿，乡巴佬们，近来可好，你们大伙儿在起什么哄啊？"

挤在大教室门前的人群急忙让到一边，以防挡道。其实，卡梅洛也不是什么大坏蛋，即便他的确称不上什么好人，但光凭他的警察身份便足以令众人退避三舍了。他自其中一面窗前走过，隐约瞥见那具摆放在教室地板上的遗体。他很雀跃预感成真了，他的"直觉"可从来没有令他失望过。古斯马洛·科利亚索——镇上一位糊涂出了名的少年——才到现场没多久,就被他一把从肩膀逮住。

"谁死啦?小兄弟?"卡梅洛问。

古斯马洛不知该如何回应,一度想逃开,卡梅洛搭在他肩上的大手却令他动弹不得。

"老兄,到底发生什么事啦?也跟我说说吧。"

这时,胡斯帝诺·特列斯在门边现身,想插手保护这个傻孩子。

"容我先向您问好……大队长……还是,您连基本礼仪都忘得一干二净啦?"

卡梅洛身高两米开外,他居高临下,打量着胡斯帝诺,面露微笑。从前,洛马格兰德不过是个四户人家的小农场,甚至称不上镇,也还未被唤作洛马格兰德,那时,他跟胡斯帝诺就已彼此认识。卡梅洛松开古斯马洛,这小子连忙远远逃开。卡梅洛走向胡斯帝诺,两人打了招呼,就像孩提时代一样。

"长爪的小禽兽,怎么啦?"卡梅洛嘴上不饶人。

胡斯帝诺马上还以颜色。

"没什么大事,这儿好好的呢,有蹄的小畜牲。"

卡梅洛走近胡斯帝诺身边,作势在对方肝脏的位置给一记肘击。

镇长配合演出，伴作闪躲攻击的模样。

"什么风把您吹来啦，大队长？有劳您亲自大驾光临。"

"没事，没事，我的好兄弟，我今儿个一早醒来，就他妈不知怎搞的，想来问候问候你。"

胡斯帝诺向他伸手，卡梅洛也紧紧将自己的手凑了上去。

"好吧，现在我们已经打过招呼了，"胡斯帝诺说，"你可以回去了。"

卡梅洛挑了挑眉。

"哎，胡斯帝诺，你可真没品。"

两个大男人互相瞪视了几秒，胡斯帝诺·特列斯准备离开。

"来吧，"警长对他说，"陪我散散步，这儿隔墙有耳，一堆闲杂人等正等着要听闲话呢。"

原先围绕他们看好戏的群众立刻闪到一旁，以免受到牵连。卡梅洛向胡斯帝诺打了手势，指着正在外头待命的八名部下。

他们浩浩荡荡赶了好一段路才抵达这里，现在大伙儿都在一棵大金合欢树[1]的树荫下休息。

"好吧，卡梅洛，事情是这样。"一确定离看戏的人群够远，胡斯帝诺便马上开口，"我们这儿死了个小姑娘……"

1　墨西哥常见的一种灌木，属豆科。

"是死了,还是被人杀了?"

胡斯帝诺朝宽阔的土地啐了口痰。他的痰与沙尘混在一起,很快便消失无踪。

"被人谋杀的……而且还是用马拉加手法[1],背上给人硬生生捅了一刀。"

卡梅洛不为所动,顺了顺他的八字胡,折下一小段金合欢树的嫩枝,放进嘴里吸。

"那么,死者是谁?"

胡斯帝诺摇摇头。

"不知道,我还在努力调查。"

一只蝗虫紧攀住卡梅洛手腕的表带不放。卡梅洛甩甩左臂,想抖落它,蝗虫便往一旁好几十个爱管闲事、正在偷听的群众那儿飞去。

"你知道是谁下的毒手?"

"也还不清楚。"胡斯帝诺回答。

"那姑娘差不多几岁来着?"卡梅洛追问道。

---

[1] 马拉加(Málaga)为西班牙南部安达卢西亚自治区辖下城市。

胡斯帝诺思考了几秒。

"估算年龄我一向不是挺拿手。不过我会说她约莫十五岁。"卡梅洛用口水湿润自己干裂的嘴唇，一手挥去眉上的汗水。

"还真热得要命啊。"他凝视着街道的热浪这么说。

"你怎么看？"他接着问，"不觉得肯定是爱情惹的祸？"

胡斯帝诺微微颔首。

"这些贱货，我的老兄，"卡梅洛又接着说，"根本毫无文明可言，都什么年代了，居然还有人放不下这种狗屁倒灶的事要杀人灭口。"

胡斯帝诺半信半疑地望着他。年轻时，有一次卡梅洛醋劲大发，冲过了头，严重伤害了一个女人。那个女人吃了警长两发子弹，命大，侥幸存活下来。卡梅洛事后懊丧不已，便向对方求婚，女人也接受了，但他们终究没能结为连理：在婚礼前几天，女人因为饮酒过量，酒精中毒，死了。此后，但凡跟感情扯上边，在卡梅洛眼中都是屁。

"才不是什么狗屁倒灶的事！"胡斯帝诺半开玩笑说，"根本是因为你已经老了，老到没办法体会这些男女爱恨的纠葛啰。"

"你那玩意儿才老了。"卡梅洛回嘴。他视线扬起，望向高空中仿佛正在炽烈燃烧的太阳。"该死！"他嘴里咕哝，"看来老子今天是白走一遭了。"

胡斯帝诺发出讥讽的窃笑。

"你期待能逮到什么大案件啊，大队长？走私案？还是一整架塞满毒品的小飞机？"

"任何值得我跑这一趟的事吧，"卡梅洛回答，"不是一桩没有搞头的命案。"

胡斯帝诺再清楚不过，其实，在卡梅洛内心深处，最令他困扰的事就是无法顺利敲诈别人。如果没有任何人有犯罪嫌疑或明确的犯罪证据，那实在很难从中捞到什么油水。其实，这姑娘的命案对他来说实在一点意义也没有。

卡梅洛再次抿了抿干裂的嘴唇。

"好歹请我喝杯啤酒，是吧？"

"当然好啊，老兄。"胡斯帝诺正打算这么回应，这才想起镇上只有两个店家，况且，星期天还开门提供冰凉啤酒的只有拉蒙的店。

"你听好了，这是不可能的事。"

"他妈的！"

"根本没有地方买得到酒！"胡斯帝诺解释。

"啥？"卡梅洛一边说，一边揉揉自己的后脑勺。

"被杀的女孩正是拉蒙·卡斯塔尼奥斯的女友。拉蒙就是你回程会经过的那间小店的店主。"

"拉蒙？你是说弗朗西斯卡的儿子，那个拉蒙？"

"说对了。"

卡梅洛"啧啧"了几声。

"咳，所以你并不是不知道死者是谁啊！"

"说真的，我是真不知道，我从来没有见过这位姑娘，也不清楚她的背景。现在我手上的线索都是刚知道的，全都跟你招了。"

卡梅洛摇了摇头，一副对他的说词感觉好奇的模样。

"拉蒙人呢？"

"在里头，正为尸体守灵。"胡斯帝诺回答。

卡梅洛把吸在嘴里的金合欢树嫩枝扔到地上。

"妈的，要杯啤酒喝这么难吗？真他妈不值得！"卡梅洛不悦地抱怨起来。他从衬衫口袋取出一支原子笔、一本小笔记本。

"你这是做什么？"

"写报告。"

胡斯帝诺不满地哼了一声。

"你他妈别闹，卡梅洛，我看最好就这样吧，这事我管定了，一有任何消息我会通知你。"

卡梅洛上下打量胡斯帝诺，慢慢摇了摇头。

"哥们，我还真他妈不懂，为什么你就非得把自己的鼻子凑上这些跟你无关的事？"

"鬼扯！该死！"胡斯帝诺激动地解释，"上回你的狗屁报告，搞到最后连州警都到镇上来，就只因为你以为……"

卡梅洛突然打断他的话。

"拉蒙杀了她，我没说错吧？"

胡斯帝诺大吃一惊，眉头深锁。

"我早料到，"卡梅洛乘胜追击，"嫉妒就是这么该死，我的朋友，没人能驾驭得了它啊。"

Chapter IV 阿德拉起死回生

1

一阵尖锐的叫声在大教室里回荡:

"她还活着!"老妇人普鲁登西娅·奈格利特放声大叫,她亲眼见到被毯子盖住的尸体缩了回去。罗莎·莱昂随之起哄,也开始叫个不停,甚至叫得更凄厉。

"她还活着……还在动……。"

拉蒙的视线回到女尸身上,顿时感觉自己整个胃都在翻搅。阿德拉动了,身体的一侧以缓慢的节奏上下起伏着。

"老天爷!宽恕我们吧!"洛马格兰德镇附近唯一的妓女赫特鲁迪斯·桑切斯双膝跪地,痛哭不已。

最后,卢西奥·埃斯特拉达制止了这场集体歇斯底里。"这几个老太婆成天就会装神弄鬼!"他悄悄在拉蒙耳边说,然后走向尸体,将毯子掀开到肩膀的位置,上午稍早时还在阿德拉脸上的祥和神情已不复见,现在她的脸看上去僵硬、紧绷,仿佛随时都会放声叫出来似的。

"什么活着？！"卢西奥嘲弄大家，"她会这样动来动去，还不都是因为胀气。"

罗莎·莱昂被卢西奥的这一席话弄糊涂了，她立刻上前查探对方所言是否属实。接近尸体时，卢西奥戳了戳她的背。

"千万小心哪！她可是会咬人的！"

罗莎·莱昂吓得花容失色，赶紧向后退开一步。在场好几个人笑得人仰马翻，但拉蒙没有笑。阿德拉比早前更加死气沉沉的模样，让他的心受到重重的一击，才没多久，眼前的阿德拉就完全走样，她已经不再是那个他曾拥在怀里的温热女孩。这画面令他不知所措，现在，阿德拉充其量就是一块巨大的肉块，但她并不想就此放过他，反而更穷追不舍，想将他吞噬殆尽，令他彻底伏首。

卢西奥将尸体重新遮盖起来，然后伸展双臂，他不但对自己这一次演出感到心满意足，更为自己让几个爱嚼舌根的老太婆出了洋相而沾沾自喜。他得意地回到友人身边，一群人在聊着天，罗莎·莱昂在众人数落下，只落得一边啜泣、一边离开大教室的下场。

普鲁登西娅和罗莎实在叫得太凄惨，把大伙的注意力都吸引过来，没人还记得巡警仍等在外头。等到他们察觉时，卡梅洛·洛萨诺已将部下全部领上了小卡车，胡斯帝诺向他们做了个毕恭毕敬的手势，送他们离开。

巡警一行人离开就与他们抵达镇上时如出一辙，扬起阵阵沙尘，把路旁的孩子们吓得魂不守舍。

胡斯帝诺打消了卡梅洛·洛萨诺对拉蒙的猜疑。"事情不是这样的，大队长，"胡斯帝诺向他澄清，"这孩子绝不会干出这等好事，打从他小的时候我们就认识他了，你现在是哪来的鬼念头，居然觉得他会干这种傻事？"

小店里的一番辩护耗去他不少口舌，还花了他一万比索[1]。"加油很花钱的。"卡梅洛狡辩说，"在曼特城喝上几杯冰凉凉的啤酒也要花钱，毕竟你们这儿对我并没有尽到地主之谊。"

离开前，卡梅洛向他保证下礼拜会回来"解决这档事"。老实说，他也不是什么大坏蛋，他一边写着手上的报告、一边慷慨地念给胡斯帝诺听：

一九九一年九月八日，星期日。

---

[1] 文中所指的比索为旧墨西哥比索（MXP），与现行的墨西哥比索（MXN）币值不同。旧比索流通至1992年12月31日为止，翌年1月1日开始使用新比索，即现在俗称的比索，新旧比索的汇率为1∶1000，基本上就是拿掉旧比索后面三个零。

巡逻完毕，期间并无任何重大事件及犯罪案件。辖区内一切安好，平静祥和。

胡斯帝诺返回大教室，他有话对拉蒙说。

"我救了你一命，否则你就等着吃牢饭吧！"他严肃地斥责对方，"你最好赶紧替我厘清这整件事。"

2

正午的烈日将整个小镇炙烤得热气蒸腾。整间大教室溽热难耐，弥漫着群众身体的汗骚味及湿气，以致在场所有人都没能嗅闻到尸体腐败散发出来的一股甜中带苦涩的芬芳，等到一群绿色大麻蝇在尸体上绕旋打转、停在渗流卧席边缘的凝结血块上，人们才逐渐注意到。

"苍蝇都给招来了。"哈辛多·克鲁斯提醒大家。

胡斯帝诺·特列斯向屠夫靠过去。

"怎么办才好？"他问对方意见。

哈辛多·克鲁斯一边皱起鼻子想畅通呼吸，一边检查尸体腐烂的程度。

"该替她准备准备了，得把她放进棺木里才行。"他语气冷静地说，"她已经可以算是另一个世界的人了。"

"准备准备"，在洛马格兰德意为替死者更衣、梳妆打扮、抹上胭脂水粉，然后置入棺木，献上最诚挚祝福，简单道别，送她上路，最后入土为安。炎炎夏日，不一会儿工夫尸体便熟透了。不过，这想法现在还行不通，艾维丽娅迄今仍未将阿德拉的父母找来，还得再等等，同时也得想个法子保存遗体，以避免它无止境地变质、腐败。

大伙儿左思右想，有人提议，或许可以试试把尸体摆到冰块上。整个镇上，只有两个人能处理此事：卢西奥·埃斯特拉达，平常用冰块储放他的鱼肉；拉蒙，用冰块来冰啤酒和可乐。卢西奥觉得这点子不是挺妙，天气热成这样，冰块一会儿就会消融掉，融化的冰混着血水，肯定臭气熏天，恐怕更会招引成群的苍蝇。拉蒙也这么认为，光是想象阿德拉像饮料瓶般冰囤在冰块堆间，那画面就足以让他头晕目眩、双腿疲软。

冰块的方案遭到否决。托马斯·利纳以前曾在坦皮科自治区[1]的

1　坦皮科（Tampico），墨西哥塔毛利帕斯州的重要经济城市，位于墨西哥湾畔。

药房打零工，他提议不妨替尸体注射甲醛。"打了还能撑上一会儿。"他说。不过，放眼全洛马格兰德，唯一能弄到甲醛的地方就是玛加丽塔·帕拉西奥斯老师那儿。她把甲醛都装进一个美乃滋小空罐，用以保存兔子胚胎，要玛加丽塔老师割爱委实困难，撇开学校被大伙如此胡搞惹毛了她不说，那些罐子里载浮载沉的小胚胎是她在自然课上解说达尔文进化论的首选教材。

"大家注意！仔细瞧了！它们看起来多像鱼肉啊。"她老是如此边跟学生讲述，边晃动手上的玻璃罐，然后鼓起脸颊，喘着气，大声疾呼："你们看清楚了！是兔宝宝呢！"最后，脸上会流露满意的微笑，她觉得自己精确演绎了老达尔文的学说。

不，这具女尸把玛加丽塔老师的教室搞得鸡犬不宁，她绝不愿为它奉献自己私人持有的甲醛。就算她愿意，手头上的甲醛量也少到不行，顶多够打上四针。要让尸体完全防腐，恐怕需要三公升以上的剂量才够。眼见如此，托马斯·利纳提议，干脆使用九十六度的烈酒。

"谁那儿有烈酒啊？"胡斯帝诺扯着喉咙问。

两个女人回答，"我这儿有"，说完便自动回家去拿。没多久，马丁娜·博尔哈用白色塑料瓶装了半公升回来，孔拉蒂娅·希门尼斯无功而返，开始怀疑家里头那个酒鬼老公不知哪一次醉得昏天暗地，把仅存的一些酒全偷喝掉了。

单单半公升还不够。胡斯帝诺·特列斯再次重申：

"要烈酒，还有谁那儿有烈酒啊？"

索特洛·比利亚想起家中杂物堆里曾见过一只瓶子，但里头装的不是烈酒，而是双氧水。

"派得上用场吗？"他问。

托马斯·利纳沉吟了片刻。

"有总比没有要好。"他回答。

就这样，索特洛·比利亚拿了一整瓶双氧水过来，古斯马洛·科利亚索带来了一些龙胆紫药水，普鲁登西娅·奈格利特则带来一小瓶硫柳汞[1]。

托马斯·利纳摆了一个怪表情。

"怎么了？"胡斯帝诺问。

"东西还不齐啊。"

好些人赶回家，希望找到任何用来注射的药物或药品，但毫无

1　硫柳汞（Merthiolate）是一种有机汞化合物，用于抗菌和抗真菌剂，常被用于疫苗、皮肤测试剂、文身药水等液体防腐。将它用于疫苗防腐一度引发争议，有人声称它会导致儿童汞中毒和自闭症，因此引发部分公众恐慌，官方则宣称并无合理证据证明疫苗中的微量硫柳汞对人体有害。目前，美国、加拿大及一些欧洲国家已不再使用它为疫苗防腐。

斩获。托尔夸托·加杜尼奥整早都蹲踞在角落不发一语,此时他提议:

"要不要给她打烧酒试试?"

胡斯帝诺简直气炸,他瞪着对方,正打算臭骂他一顿,这时,托马斯·利纳若有所思地说:

"搞不好行得通,横竖也是烈酒。"

"嘿!"托尔夸托笑笑地说着,从衣袖里掏出一只随身酒瓶递给托马斯。托马斯小心接过去,打开瓶盖闻一闻,猛灌了一大口。

"该死,"他难掩激动地说,"这可是上好的朗姆酒啊!这样用未免可惜了。"

3

大伙儿把九十六度的烈酒、双氧水与从几个人身上随身酒瓶中搜来的朗姆酒,再连同硫柳汞,混着倒入一把锡制平底锅,防腐药剂就此调配完成,只差找个什么器具,将它注射到遗体中。阿马多尔·森德哈斯提供一支家中畜栏里找到的注射器,寻获它时,发现它半截埋在地底下，上面的针头全锈了，几个月前，他还用它替羊群施打疫苗。埃塞尔·塞韦拉借大家一本泛黄的生物学课本，里头附了人体解剖图，如此，要找血管和静脉的位置就容易多了。现在，只差决定由谁来替阿德拉注射。

"你不替她打吗？"胡斯帝诺十分戒慎地询问托马斯。

"不了，老兄，我真的怕死了……还是让拉蒙动手吧，毕竟人家生前是他的女友。"

胡斯帝诺瞥了瞥拉蒙，一看便知，他连要将注射器握在手中都很困难。

胡斯帝诺到处询问，看谁能胜任这个任务，但众人都急着婉拒。"不，我不行，我怕。""不小心刺到自己怎办？""不，我才不想得罪拉蒙呢。"谁都编造了一个自己的借口，最后只好拜托托尔夸托·加杜尼奥——镇上公认最笨手笨脚、成事不足的人。

托尔夸托出了名的笨拙，但他处理尸体的功夫可不是人人都学得来。他隔着毯子，准确熟练地替尸体打上好几针，没有任何一寸肌肤裸露在外、被人看见。他遵循生物课本上的插图，一步步在心里估算位置，然后下针，针针准确地落在血管上，防腐剂很快就遍布尸身。

数十双眼睛殷切地监看着托尔夸托的一举一动。他花了几分钟才完成这项精细作业，结束后，他站起来，揉揉眼皮，全身汗流浃背地将注射器递还托马斯。

"她的状态糟透了。"托尔夸托满头大汗,口干舌燥。

空气中残留酒精、朗姆酒与汗水的气味,此外,还有一股甜蜜的死亡气息。

Chapter V　新住民

1

午后四点多,终于可以隐约见到艾维丽娅的身影。她穿梭在一条尘土飞扬、仿佛烈焰烧灼的大街上,后头跟着阿德拉的父母亲:一位五十开外的老妪,骨瘦如柴,脸庞被阳光晒得黝黑;一位老翁,身形高硕,发量稀疏,有双明亮清澈的眼眸。

他们抵达学校,才踏进大教室,老妇就连忙奔向女儿遗体。她心痛不已,缓缓将覆在上面的盖布掀开,一见到尸体的脸便尖叫失声。老翁眼见自己的太太反应如此激烈,也走向尸体,紧闭双眼,静静地哭起来。

镇上没有谁认识阿德拉的父母,甚至没有多少人知道阿德拉本人是谁。他们这些所谓的"新住民",前前后后来了二三十人,大抵是从哈利斯科州[1]、瓜纳华托州[2]和米却肯州[3]那些偏远地区一批批被送来洛马格兰德的农民。政府自贩毒集团手里征收了土地后,开始计划要好好整顿一番,不久便宣布就地成立合作农场,所以才送他们来。洛马格兰德的老居民无法与这些新住民和谐生活,在他们眼中,这些新住民分明是不速之客,是外地来的投机分子,跑到这儿占了他们一块土地。近期抵达镇上的新住民大抵出身卑贱,在传统教条下长大,他们对洛马格兰德居民自由奔放、荒诞无稽的生活风格抱持怀疑。就这样,两派人生活上可说是泾渭分明。

不管是不是新住民,阿德拉的父母委实撼动了在场所有人。她的老母亲整个人瘫倒在女儿尸体旁哀嚎不止,她的哀恸让群众喘不过气,仿佛就要窒息;她的父亲承受不了打击,跪倒在地,整个人蜷缩成一团。

---

[1] 哈利斯科州(Jalisco),位于墨西哥东南部的一个州,首府为瓜达拉哈拉,州名来自纳瓦特尔语的"Xalixco",意为沙地。墨西哥最大的淡水湖查帕拉湖大部分位于本州。

[2] 瓜纳华托州(Guanajuato)是墨西哥三十一个州之一,首府瓜纳华托,位于墨西哥中部。西部与哈利斯科州接壤,东北为萨卡特卡斯州,北部为圣路易斯波托西州,东部为克雷塔罗州,南部为米却肯州。以矿业、造鞋业为主要工业,主要农产品是生菜和马铃薯。

[3] 米却肯州(Michoacán),墨西哥中西部州,南临太平洋。州名在纳瓦特尔语中意为"渔民",西班牙语意为"渔民之家"。

胡斯帝诺谨慎地向艾维丽娅打暗号，要她过去：

"你怎么搞的？拖那么久才回来？"他压低音量，语气里略带责备。

镇日在外四处奔走，艾维丽娅到现在仍气喘如牛。

"他们根本不在家！"她回应，"我跑到艾伯纳山找他们，一路还砍去好几株仙人掌呢。"

艾伯纳山是附近唯一一座山陵，距洛马格兰德少说也有五公里，一路崎岖难行，断崖残壁遍布，荆棘丛生。

"他们不信我的话，"艾维丽娅接着说，"我费了好大劲才说服他们，好不容易把他们请来……他们非常笃定，早上出门上山时，阿德拉人还好好地躺在床上呢。"

"在床上睡觉吗？"胡斯帝诺若有所思地问。

"是啊。"艾维丽娅肯定地说。

"她的父母几点从家里离开？"

"据他们的说法，他们差不多天亮前出门的。"

人群簇绕在艾维丽娅身旁，聚精会神地听她说话。艾维丽娅在镇上出了名的讲理，不太可能说谎，况且此刻她字字句句说得如此笃定。她清楚这一点，所以并没有做多余的解释，也没有过度渲染。最后，她直截了当地说：

"死的是他们家仅剩的女儿。"

这句话被群众交头接耳地转述。对少数人而言，此话令他们汗颜，居然还在这里围观等着看好戏。这些人纷纷退出了教室。然而，绝大部分人到底被这话激起了好奇心，他们决心待到最后一刻，好亲眼目睹事情的发展。

2

萦绕不断的吊唁词、众人的暧昧目光、拘谨的慰问、鲁莽的提问，这些使拉蒙确定了一件事：他与阿德拉间的关系已非玩笑，也不是一个简简单单的谣言，而是一件分分秒秒都在不断茁壮的崭新真相，想要从中脱身越来越难。如今，阿德拉对他来说成为一个陷阱、一个谜团。他心中关于阿德拉的记忆变得暧昧不明，所有画面开始串联起来：身穿白衫黄裙，在他的小店里挑西洋芹的阿德拉；身影在街道间消逝而去的阿德拉；一丝不挂、不发一语，被人弃尸在高粱田的阿德拉；别人家被谋杀的女儿阿德拉；倒卧血泊之中的阿德拉、倒映在父亲眼中的阿德拉、投射母亲哀恸的阿德拉。阿德拉、阿德拉、阿德拉。恶臭弥漫、血水四溢的阿德拉。阿德拉。对阿德拉的恐惧，对阿德拉的钦慕之情。阿德拉究竟是何方神圣？

拉蒙想得太专注，没注意到阿德拉的母亲起身，踏着坚定步伐朝他走来。等两人彼此面对面时，拉蒙才发现她皱巴巴的脸庞上老泪纵横，猛一看把自己吓得半死。老妈妈仿佛猜到他的心思，目光顿时柔和了下来，她用温柔的语气说：

"阿德拉非常非常爱你……。"

这句话犹如狠狠的一击，粉碎了拉蒙的心。他想走人，想把阿德拉的尸臭味与他们之间这段虚构的爱情抛下，然后好好羞辱阿德拉的母亲，叫她别再叨烦，然后他会一溜烟逃开这个不断吞噬他的谎言，大声昭告天下，所有他与阿德拉之间的点点滴滴纯属虚构。然而，拉蒙只能用自己也感到意外的温柔嗓音对她说："我也是，夫人，我也非常爱她。"

纳塔略·菲格罗亚与太太克洛蒂尔德·阿兰达莫约六个月前抵达洛马格兰德，原本住在瓜纳华托州莱昂市附近一个叫圣赫罗尼莫的小镇。他们的五个孩子全都死于非命,阿德拉是老幺。老大四岁染上痢疾,死在他们怀里;老二在十一岁时骑上一匹脱缰的野马,落马后摔断脖子过世;大姐十四岁跟一个小伙子私奔,没几天,两人横渡格兰德河[1]双双溺毙;老四有次经过一间酒吧,外头几个醉汉起争执打了起来,一颗流弹打中他,把头盖骨都轰飞了——原本再过几天他就满九岁了。

"我们不知道谁下毒手,用刀刺死了她。"胡斯帝诺坦言,"但我们很快会查个水落石出。"纳塔略听见这番话,但目光并没有落在胡斯帝诺身上。他呼吸困难,至今还难以置信。

纳塔略心中自有定数,凶手的恶名迟早会传遍整个小镇。现在,比起继续追究命案,还有更需要他担忧的事。

"难道没办法找个神父来吗?"他好声好气地问,"我希望有人帮亲爱的阿德拉祈福。"

胡斯帝诺望着他,觉得抱歉。不,不可能了,离这里最近的神父住在曼特城,现在没有办法赶到那儿,洛马格兰德镇仅存的两辆

---

[1] 格兰德河(Río Grande),位于墨西哥北部美墨边界,占边界总长约两千公里,在墨西哥通常也被称为布拉沃河(Río Bravo)。

小车都拆了,大货车星期二、四下午才会经过,骑马路途又太远,舟车劳顿,光去程就得耗费十来个钟头,要寻来神父已经不可能。胡斯帝诺并没有向纳塔略提及这些细节,只是对他说:"我这会儿就去找个神父。"但他却遣人去唤来两个帕斯多雷斯合作农场的传教士。

"不管怎么说,他们也算神父了。"他心想,"他们照样向上帝祷告、替众生祈福。"

他找的传教士一个叫鲁道夫·欧纳,另一个叫路易斯·费尔南多·布恩。他们俩都是本世纪初德裔移民商人的后代,外表看上去像一对父子,但事实并非如此。每逢周日,他们便会来洛马格兰德布道。两人总是大清早就现身,敲着游行用的大鼓,手上摇着乐队使用的小铃鼓。他们一面敲,一面吟诵神圣的诗歌,敬邀每个有罪之人替自己犯下的过错忏悔。他们首次到镇上时,大部分的镇民这辈子顶多参加过一次弥撒,除了"慈爱的天父啊",根本不知道还有什么祷词。然而,镇民很敬重他们,总是虔敬地聆听他们布道。有些人深受感动,便献上了自己豢养的猪、母鸡或火鸡。有些人则向他们告解自己的罪行,希望能获得宽恕,或是想省去炼狱涤洗灵魂这等麻烦事。传教士们细细聆听众人的告解,觉得他们并没有完全坦白,于是告诉信徒,告解纯粹是为了赦罪,无须顾虑太多。

随着时光流逝，传教士们开始责备这些罪人，或是假借神圣的上帝之手严峻地威胁镇民。大伙儿都受够了，于是决定好好嘲弄他们一番：有一次，托马斯·利纳向他们告解，说自己纯粹觉得好玩就随手杀了八个人；托尔夸托·加杜尼奥常常向他们诉说人肉尝起来的滋味如何可口，赫特鲁迪斯·桑切斯则向他们彻底招供，表示自己正在跟生父及她的胞兄大谈三角恋，过程描述得巨细靡遗，非要把他们气死不可。

过了很久，他们才意识到自己被大伙儿戏弄取乐，气得不得了，对镇民的威胁更变本加厉，整个小镇也更乐于捉弄他俩，害他们没办法每周日都来镇上传道。阿德拉被人杀害的这个周日，如果传教士没有在镇上出现，那一定是因为他们之中较年轻的那位鲁道夫·欧纳被蝎子给蜇伤了。

帕斯夸尔·奥尔特加亲自登门，延请他们亲赴灵堂，两位传教士其实心里挺开心。镇民请他们参与宗教仪式，这还是头一遭。日复一日，耗费千辛万苦，承受无数的拒绝和耻笑，在烈日下来回往返，一切终于有了成效。然而，当他们得知祭礼对象是一桩未侦破血案中遇害的女性灵魂时便坚决婉拒了。他们才不想惹祸上身，随便找了个借口搪塞，说鲁道夫因为蝎毒的关系，目前身体还很虚弱，骑马出远门恐怕会让病情加重。

"毒液可能会冲上他的脑子啊！"路易斯·费尔南多解释。

帕斯夸尔挤出一个挖苦的笑容。谎话连篇！他自己就被蝎子咬过不下数十次，他非常清楚，除了持续数小时如吞咽毛发般的窒息感与几周的伤口红肿之外，根本不会有什么大碍。

帕斯夸尔的态度非常讥讽，他刻意挑衅，使传教士们觉得自己若不在祭礼现场好像说不过去。要再胡诌个理由先躲过今晚？还是赴洛马格兰德再想法子，谨慎行事不要被这桩命案牵连？

日暮时分，他们启程离开帕斯多雷斯合作农场。帕斯夸尔·奥尔特加为他们领路，抄捷径一路直达洛马格兰德：途中穿越了阿德拉遇害的高粱田。经过命案现场时，帕斯夸尔用手肘向他们指了一处深暗色的痕迹，在太阳西下时已经什么都看不太出来了。"她就是在那儿被人杀害的。"他冷冷地说。两个传教士骑在马背上，全身包得紧紧的，嘴里吟诵着祷词，希望阿德拉的灵魂获得救赎。

夜幕低垂，两位传教士才终于抵达镇上，街上和学校连半个人影也没有。大家已经将阿德拉的尸体挪到她父母家。

Chapter VI 黑裙子，蓝上衣

1

拉蒙进入纳塔略·菲格罗亚和克洛蒂尔德·阿兰达的家，目光很快扫视了屋子一遍，屋内简陋残破，家徒四壁，屋顶用棕榈叶搭起，室内只有一个空间，没有隔间。房子中央摆了一个灶，旁边放一张单人行军床与另一张床。还有一张桌子、三把椅子、几个蓝色锡盘、红色塑料杯，以及一口跟破铜烂铁没两样的平底锅，空气里有股烧焦味，此外还有一个没有上漆的大衣柜、瓜达卢佩圣母[1]与小耶稣肖像邮票、雀巢咖啡空罐填上燃油的自制打火机。墙上开了两面窗，

---

1 瓜达卢佩圣母（Virgen de Guadalupe）是天主教徒给显现在墨西哥特佩亚克山上的圣母形象的称谓。据传，1531 年 12 月 9 日，墨西哥印第安人胡安·迭埃戈（Juan Diego）在途经特佩亚克山时遇圣母玛利亚显现眼前，要求他在指定地点建一座小圣堂。此后瓜达卢佩圣母成为墨西哥人信仰的一大支柱，每年 12 月 12 日为瓜达卢佩圣母瞻礼日。

一面向北，一面向南，两条脏到不行的抹布被当成窗帘垂挂在窗前，他们取来一条破旧床单给阿德拉当裹尸布，将她平放在生前最后一次醒来时睡的那张行军床上。

纳塔略拉了一把椅子给拉蒙坐。拉蒙做了一个致谢的手势，作势要坐下，却仍一直站着，胡斯帝诺和艾维丽娅则一屁股坐上另外两张椅子，克洛蒂尔德·阿兰达窝在床上的毯子堆里。屋内只剩他们五人，其余的人都待在外头，挤在屋子四周。

"来杯咖啡？"纳塔略不特别问谁，胡斯帝诺跟拉蒙婉拒他的好意，艾维丽娅则要了一杯，整天四处奔波、颗粒未进，真把她给累坏了。

克洛蒂尔德·阿兰达起身准备咖啡，她拭去脸上的泪，像游魂般飘到炉灶旁。炭火还是热的，她在上头摆好陶制平底锅，煽煽风，使炉火旺起来，一双眼直盯着缓缓沸腾的开水，在场其他人则沉默地看着她的一举一动。

咖啡烧开，蒸气直冒，但克洛蒂尔德仍不为所动。纳塔略轻轻摇了她几下，将她从沉思中拉回现实，就连她自己都吓了一跳。

"怎么了？"

纳塔略向她伸出一只瘦骨嶙峋的手，指了指火炉：

"咖啡……好了。"

克洛蒂尔德看看锅子，头一撇，开始呜咽起来：

"阿德拉……我的阿德拉啊……"纳塔略抱住她,将她搀扶到床边躺下。

拉蒙觉得自己快窒息了,整个屋子的空气都被阿德拉的尸臭压过去,变得异常稀薄。

"你不来点咖啡?"

拉蒙循声抬起头,见纳塔略正手持一杯咖啡在他的面前晃。不,他不想喝咖啡。他想逃开,想闭上双眼,直到受不了为止。他想远离阿德拉巨大的尸身,越快越好。

"谢谢。"他说着接过热咖啡,捧在手中啜了一小口,然后坐在纳塔略替他弄来的椅子上。

2

啜泣了好一阵子,克洛蒂尔德才终于镇定,开始找衣服给阿德拉下葬时穿。她打开衣柜,仔细翻找,取出两件女用上衣,然后又翻箱倒柜,好像什么东西搞丢了似的。她看上去绝望极了,将衣柜里的东西全倒出来，逐件检查，最后才咬着嘴唇停下来，转向她的丈夫。

"少了她的黑裙和蓝上衣。"她沮丧地说。

这两件衣物是阿德拉最珍爱的，只在两次特别场合上穿过：第一次是她年满十五岁时，参加圣赫罗尼莫镇举办的成年礼舞会[1]；第二次是镇上学校颁给她初级教育结业证书那一天。之后她再也没穿过，直到这个星期日。

找不到阿德拉的黑裙和蓝衣，克洛蒂尔德更沮丧了。她原本打算替女儿穿上这套衣服。现在她整个人魂不守舍，左顾右盼，想把其他衣物全部塞回被她掏空的衣柜。纳塔略走向爱妻，拾起扔在地上的几件衣物，然后从中挑选了一件白色上衣和一条黄裙。

"就帮她穿这套吧。"他把手上的衣服递给克洛蒂尔德。

克洛蒂尔德接过衣服，像收下一件价值连城的宝物，紧紧拥在怀里，满心渴望地抚摸着。

明暗之间，拉蒙辨认出老妪手中的东西，一股刺骨的战栗袭来。这套衣服恰好就是他们初次邂逅的那个午后，阿德拉身上穿的那套。顿时，阿德拉——另一个阿德拉——又在他脑中浮现：双眼清澈、神情妩媚、颈子光滑、嗓音有些沙哑，脸上一抹浅淡难以觉察的微

---

[1] 在拉丁美洲，女孩十五岁的时候会参加成年礼（Quinceañeras），象征由女孩转变为女人。成年礼后通常会举办派对或是舞会，与亲朋好友同乐。

笑。刹那间，阿德拉再度变得破碎、赤裸、沉默。他紧紧拥住阿德拉，阿德拉则狠狠地烧灼他。阿德拉，以及成为硕大尸块的阿德拉，拉蒙陪伴她们俩，而她们俩都已彻底死去了。

3

克洛蒂尔德·阿兰达实在难以接受，她无法面对被她唤作女儿的人如今变成肿胀的肉块，自己连瞧上一眼的勇气也没有，更别说亲手碰她，替她更衣，替她梳理一头乱发，摸摸她的脸庞，让那张脸保持一抹笑容。纳塔略眼睁睁看着自己的妻子彻底崩溃。以往，克洛蒂尔德总是利落地包办了这类要命的苦差，独自替其他死去的孩子梳洗、更衣，送他们走最后一程。然而，要她替阿德拉更衣，就像要她替自己身上的一块肉穿最后一件衣服，等于要她亲手葬送仅存的希望。

纳塔略一语不发，将白上衣黄裙子自妻子手中取过来，交给艾维丽娅，艾维丽娅立刻理解纳塔略的意思，即便她早已累到无法担此重任，但也没有拒绝对方的勇气。她接过衣服，眯着眼问：

"我该替她穿哪双鞋？"

纳塔略转过来望向妻子，等她答复，克洛蒂尔德却摇摇头：阿德拉只有这一双鞋，早上她就是穿它出门的。

"她没鞋子了。"身为母亲的克洛蒂尔德难为情地回应道。

艾维丽娅独自留在尸体旁。她坐在小床边缘，啜饮最后一口咖啡，拨了拨头发，叹着气。她拉起覆盖阿德拉的床单一角，缓缓掀开。阿德拉赤裸的身躯脱离尸布、重获自由，散发出一股刺鼻难掩的臭味。艾维丽娅觉得鼻子痒，一只手捂住口鼻，想止住这股瘙痒感。臭味没多久便在黑暗里消散了，房内残留微微的酸腐气息。女尸皮肤因为注射了药剂，变得干瘪硬挺，跟瓦楞纸没有两样。手臂跟腿上满布紫色细纹。然而，阿德拉的神情看起来非常安详，好像自己惹了这些麻烦、害众人奔波劳苦，自己却安稳地平躺休息。

艾维丽娅的目光从尸体移开，免得自己意志崩溃。她试着想象完全无关的事物，却终告徒劳，房内的死亡气息实在太浓。她意识到，单凭自己一人是没办法替阿德拉更衣的。她甩了甩手臂站起身来活动活动肩膀，然后走出门外。

纳塔略马上向她靠过来。

"都好了？"他紧张地问。

"不，还没……我需要有人帮忙。"

艾维丽娅向前踏一步，望向包围她的重重人影。她的视线慢慢转了一圈，在屋外空地的铁丝网边发现了阿斯特丽德·蒙赫与阿妮塔·诺沃亚的踪影。两个小姑娘就住在附近，艾维丽娅打从她们孩提时代就认识她们，曾经见过她们俩跟阿德拉走在一块儿。

艾维丽娅唤了她们，两个姑娘在好奇心的驱使下靠了过来。

"请问，你们可以帮忙我替死者更衣吗？"她朝那两张被夜色抹去细节的脸庞抛出问题。

有几秒钟，除了她们节奏一致的呼吸之外，什么声音也没有。女孩们对于该如何响应这样的请求一时还拿不定主意。

"别找我。"阿妮塔冷冷地回应道。

艾维丽娅的目光移到阿斯特丽德身上，见到对方在黑暗中微微点头。

4

她们静静走入屋内。透过打火机的暧昧光晕，阿斯特丽德看着坍垮在床上的尸体。一群苍蝇停在阿德拉半闭的眼睛上，吸吮她仅剩的几滴泪水。一阵恶心逆涌上来，直冲口腔，令阿斯特丽德非常难受，她想一口吐掉，不只这股作呕感，还连同她的满腔怒火。巡绕的苍蝇、静得不像话的气氛、阿德拉一动不动的模样，全都令她怒火中烧。

艾维丽娅取来一条抹布挥啊挥，想赶走那些苍蝇，但它们在空中打转几圈后就再度返回女尸的眼睛上。

"帮我把她立起来。"她请阿斯特丽德帮忙。

阿斯特丽德咬紧牙关，双拳紧握，想一鼓作气把尸体抬起来。她下定了决心，便将自己双手塞入阿德拉的后背底下。一碰到阿德拉皱巴巴的皮肤，她马上就了解，"亲眼见证死亡"与"亲手触碰死亡"根本是两码事。她意识到，倒在这儿的并非阿德拉，至少不是她几个月前认识的那个阿德拉——她的好姐妹——也不是会陪她一起谈天说地、分享秘密的阿德拉。不是那个眼神透彻的阿德拉。不，这一大团糨糊跟瓦楞纸板拼凑成的东西绝不是阿德拉。

"你可别垮掉，"艾维丽娅看她乱了阵脚，便强自打起精神鼓励她，"要是你垮掉，我也撑不下去，这样还有谁能替她更衣呢？"

"我还行，"阿斯特丽德用哀伤的语气回答，"我只是不习惯看她变成这个模样。"

艾维丽娅把上衣拿给她看。

"我们手脚得加快了。"

阿斯特丽德摸了摸阿德拉的秀发。

"上次,她才要我帮她编一条辫子。"她感叹道。

这时,远方传来了铁锤的敲击声。

"她原本爱上一个男的。"

"爱上一个男的?谁?"艾维丽娅问。

"我不知道。"

"是拉蒙吗?"

"不知道……我不清楚。"

阿斯特丽德就此打住了。她紧抿双唇,强忍着不要哭出声,一鼓作气将如瓦楞纸般的尸体抬起,开始更衣。

哈辛多·克鲁斯停下手中的铁锤,开始以砂纸替棺木的里层抛光。赫雷米亚斯·马丁内斯生前住的小屋生产了洛马格兰德大部分的定制棺木。他死后,小屋便废弃了,里头剩下的木料便被哈辛多取来做棺木。

帕斯夸尔开来一辆货车,准备将棺木载走。他从车上一跃而下,径直朝哈辛多走去。

"神父我带来了，"他指的是那几位传教士，"遇害的女孩也换装准备妥当，现在只差棺木。"

"还得掘一个墓穴呢。"哈辛多补上一句。

帕斯夸尔勉为其难地笑了笑。他绕着棺木来回踱步，仔细将棺木打量了一番。

"喂，是不是有点太大了？"

哈辛多看了看自己的杰作，摇摇头。

"不会，这尺寸刚好。"

帕斯夸尔跨了两步。

"足足有两个步伐那么长呢，"他说，"这姑娘没那么高吧。"

哈辛多仰望无月的夜空，然后目光才缓缓望向帕斯夸尔。

"听说，死人死得越久，尸体就会越大。"

"是啊，听说的。"帕斯夸尔嘴里叨念，一边抓着棺木一侧，一边打着手势，示意要对方一起搬。

Chapter VII 杀人凶手

1

大伙儿将阿德拉安葬于圭尔雷赫河岸边的旧墓地，距她遇害的地方很近。为了避免下雨时河水上涨将她卷走，他们掘了一个颇深的墓穴。对在场的很多人来说，这是他们参加过最悲伤的一场葬礼，悲伤程度更甚创建小镇的两位大人物——保利娜·埃斯特拉达女士和雷夫吉欧·洛佩斯先生——的葬礼。现场没有任何人哭嚎，没有任何人悲泣，只有纯粹的宁静伴随着无月的夜。

传教士们感染了笼罩现场的麻痹气氛，只简单地向死者道别便结束了祈福。葬礼结束，众人成群结队、分散为零星的人群，他们彼此紧紧靠偎，在夜色中踏上野草掠袭的小径，一路往洛马格兰德的方向走回去。

大部分的男人伴随拉蒙返回店里。还有好多事尚待厘清，有什么方式会比人手一瓶冰凉啤酒来得合适呢？

拉蒙非常清楚，他的夜晚这会儿才开始。他深陷一场无稽的男女私情之中，唯一能做的就是退居幕后，趁大家开始认为他是懦夫前抢先否认这桩恋情。否则，接下来的日子，这段凭空捏造的往日情怀恐怕就会真的成为他生命的一部分了。

2

在洛马格兰德，处理任何事总是一波三折，拖泥带水，犯罪案件也不例外。首先必须经过一连串索然无味的闲话家常，事件核心的原貌才会一步步被拼凑出来。胡斯帝诺·特列斯先灌了一肚子啤酒，想醒醒脑，接着问卢西奥·埃斯特拉达国家基本物资管理委员会[1]每吨高粱的收购价格。

"三十五万比索。"卢西奥有些不悦地回答。

"他们真他妈太过分了，"马塞多尼奥·马塞多大声疾呼，"这

1　国家基本物资管理委员会（la CONASUPO, la Compañía Nacional de Subsistencias Populares），墨西哥政府于1962年设立的专门性委员会，负责墨西哥国内食品安全及稳定物价的事务。

价码，要我们收割高粱也太不划算。"

"他们连种子的钱都要我们自己付。"托尔夸托·加杜尼奥插嘴。

"就更别说脱谷机的租金了。"阿马多尔·森德哈斯补上一笔。

"所以我才不种田。"拉努尔福·奇拉特说。拉努尔福非常热爱与人闲扯，所以被大家昵称作"老兄弟"，平日贩卖鹿肉维生。他会夜里骑上单车，打着小灯寻找鹿群踪迹，灯会将它们照得一清二楚，他会用十六口径的双管霰弹枪将它们一一猎杀殆尽，一只也逃不了。

"我们也不种了。"卢西奥和佩德罗·埃斯特拉达的弟弟梅尔基亚德斯齐声说。

"现在打算改行卖鱼。"

"我们已经买了四面小拖网，撒在水坝的芦苇丛间。"卢西奥补充说。

"那儿鲈鱼挺多，是吧？"胡斯帝诺向他打听。

"还真不少，"梅尔基亚德斯证实他的说法，"上礼拜我们总共捕了两百公斤。"

"你们会将鱼切片处理吗？"胡斯帝诺问。

"早就不干了，"卢西奥回答他，"自从我的片刀不知道被哪个家伙偷走之后，我就不干了。"

"什么片刀？哪一把？"

"就是拉雷先生送我的那把，又细又长，锋利无比。"

"拉雷先生？"

"对啊，那个身材高大、从墨西哥来到这里猎鹅的猎户。"

"啊，对对对。"

胡斯帝诺再灌一大口啤酒，漱口后吐掉。

"嘿！对了，你想，你的刀是给谁偷了？"

卢西奥微笑面对这个问题。

"不知道，如果我知道是谁早就去抢回来了。"

"你知道是谁就好了，"胡斯帝诺接着说，"因为我猜，这位姑娘就是丧命于你这把刀。"

卢西奥与其他人都噤声不语。拉蒙想起自己曾经见过那把刀，胡斯帝诺所言甚是，唯有一把这么大、这么锋利的刀，才能如此利落，将阿德拉一刀贯穿。

突然，托尔夸托话锋一转。

"我有预感，"他望向南方说，"下礼拜会下雨。"

"真的，"马塞多尼奥接过他的话，"三天前，华斯特卡的方向就开始吹来阵阵微风。"

"这时下一点雨也挺不赖，"阿马多尔说，"这样高粱才会长得又高又大。"

"去你的高粱，"托尔夸托突然插嘴，"要是我知道他们每公斤用三百五十比索的价格来收购，我才不会蠢到继续种下去。"

"我们该向埃塞尔看齐，学学他改种红花籽。"佩德罗·萨尔加多说。

"的确，我们早该这么做，"胡斯帝诺表明，"同样一吨红花籽，价格可是整整翻了一倍呢。但没办法，我们高粱都种下去了，还能怎么办？"

大伙儿的谈话一度中断，没人开口接续话题。然后，托尔夸托突然打破了寂静。

"我跟你们打赌，现在的时间是十点二十分。"

众人回头望向他，搞不懂他是怎么回事。

"我敢打赌就是了。"托尔夸托又强调一次。

"怎么说？"佩德罗问。

"我曾听说过，每二十分钟就会有一名天使造访人间，所以大家才会紧紧闭上嘴、一声不吭。"

"没错，现在正好十点二十分。"

托尔夸托露出胜利的愉悦微笑。

"看吧。"他说。

又有一位天使飞越上空，因为这会儿，大伙儿又不约而同地沉默了。"老兄弟"拉努尔福在心底凝视这位翩然乍到的天使，直到祂消失无踪才开门见山说：

"我知道谁杀了那女孩。"

"你怎么知道？"马塞利诺·乌依东问他。

"老兄弟"喝了两口啤酒，心里盘算该怎么回答他的问题。

"因为我们刚才聊到红花籽，我才想起来，昨晚，我打着灯到艾瑟尔的农地那儿打猎，但是连一只鹿都没有找着，我就骑车一路飙到紧邻河岸的牧场那里去……。"

"老兄弟"的话说到一半便停下来，喝一口啤酒，用手背将八字胡上的啤酒泡沫抹去，这才又接着说：

"……就这样，我骑在单车上，没有开灯，听见小路上有人走过的声音。我马上打开聚光灯，看见就在五十米外，有个兔崽子正拖着一个女人，连上衣都扯破了……"

"老兄弟"再度中断他的故事。难得，观众全部听得入迷，他不会放过这样的机会，决心大肆发挥一番。

"我的啤酒喝完了，"他对拉蒙说，"麻烦再给我一瓶。"

拉蒙进去店后头，从冰桶里拿了一瓶啤酒，用抹布擦拭酒瓶，打开瓶盖，然后递给他。拉努尔福继续说故事：

"……我想我应该吓到对方了,他们朝山的那一头开溜,但又忽然在金合欢树林前停下来,我赶紧把灯熄了,心里想,这他妈关我屁事?我好端端的,为什么要多管别人的闲事?你们倒是说说看,好管闲事是挺没品的行为吧?"

"老兄弟"对着胡斯帝诺说了这整个故事。胡斯帝诺点头如捣蒜,其余人也是。拉努尔福接着又说:

"虽然我说我不想多事,但我还是很清楚看见的那人是谁。没错,就是那个吉卜赛人。"

"老兄弟"又一次拖戏。他非常清楚,这次跟以往不同,谁也不会打断他的话或把话题扯开。他喝了一小口啤酒,舔舔啤酒的滋味,然后继续说:

"昨天我还不知道跟他在一起的女人是谁,现在我总算看出端倪了,就是这次命案的死者。"

胡斯帝诺半信半疑地盯着他。

"你该不是在唬人吧?"

拉努尔福用手指比出了十字,然后亲吻那个十字。

"看在上帝的分上,所言不虚。"

"那时大概几点?"马塞利诺问。

"差不多早上四五点吧。""老兄弟"立刻回答。

卢西奥突然拍了下自己的额头。

"我想起来了,"他说,"那混蛋吉卜赛人成天在说我这把刀有多好之类的……我看,一定是他从我这儿给偷去了。"

托尔夸托难掩激动,忍不住插嘴。

"就是这狗娘养的杀了阿德拉。否则他现在人就该在这儿,气定神闲,跟咱大伙儿一块谈天说地、参与我们的讨论。我打从昨天开始就没见到他人影了。"

剩下的夜晚,冰凉的啤酒让这些男人热血沸腾,两眼昏花。

Chapter VIII　加芙列拉·包蒂斯塔

1

　　入夜以后实在热得要命，没有半点凉意，沙尘也丝毫不放过在场的任何一个人。热气和风沙沾黏到众人身上，皮肤淌出来的不是汗水，是泥巴。成群的蚊蚋飘浮在凝滞灼热的空气里，紧贴每个人的耳朵嗡嗡作响，它们狠狠叮人，饱餐了一顿。郊狼的三重奏在山林间嚎叫，响尾蛇盘绕在炙烫的碎石子路面。家畜纷纷躲避若隐若现的残余阳光，往牧豆树荫下靠过去，远方传来宁静的潺潺流水声。闷热，这该死的闷热横扫了当晚的一切。

　　加芙列拉·包蒂斯塔无法入睡，心中的焦虑加上恐惧让她难以成眠。她惴惴不安地等待丈夫，等他随时回来毒打她一顿，或是直接杀了她。她无处可逃、无处可躲，但心中仍怀抱一丝企望，如果丈夫还被蒙在鼓里就好。然而事与愿违，事到如今，丈夫八成已经知道她干了不贞的勾当。他还耽搁在路上,唯一的可能就只是为了讨回一点颜面,找吉卜赛人寻仇去了。

大门发出嘎嘎声响。加芙列拉·包蒂斯塔整个人瑟缩在床铺后头。丈夫回来了,要回来取她性命了。时间缓缓流逝,过了一分钟,然后又是一分钟。大门的声响停了下来。加芙列拉一头躺回床上,紧闭双眼,全身由里到外都是汗。昨晚,她和吉卜赛人两人肉体交缠、彼此磨蹭时,一道鲁莽的光线把他们照得一清二楚。当时,她也像现在一样吓得满身大汗。这道无名又无声的光线顽固地探照着他们,打量他们俩一丝不挂的身躯,大半夜里,他们被这束光照到什么也看不见。

"晚上好。"吉卜赛人对无声的光源大喊。

除了沉默和光之外,没有任何响应。加芙列拉躲到吉卜赛人身后,吓得全身盗冷汗,战栗不已。

"晚上好。"吉卜赛人又开口。

毫无响应,只有无声的光,以及一股寒意。他们俩仿佛被当成了野鹿,被一股沉默猎杀。

黑暗中,吉卜赛人隐约看到金属枪管折射出来的光亮。他一把将加芙列拉往山上的方向推去,两人拔腿奔跑起来,光线也紧追在后。天晓得光线后面的人是谁。他们拼了老命跑,双脚不停绊到蒺藜,被刺得又红又辣,双臂和双腿的皮肤也都抓到破皮。

他们不停地在浓密的草丛间狂奔，直到再也见不到尾随的光线才停下来，然后全身蜷缩在槐树的枝叶间喘气，两人余悸犹存，恐惧被深夜灼热的空气缓缓淹没。他们什么也没说，加芙列拉整个人靠倚在吉卜赛人身上，吉卜赛人亲她、摸她。加芙列拉任凭对方亲吻自己、对自己上下其手，她越是响应吉卜赛人的亲吻和爱抚，就越害怕自己。

接着他们做爱。翻云覆雨后，吉卜赛人站起身，扣好长裤，穿越荆棘丛离去。加芙列拉则留在原地一动不动，性交与恐惧令她心神紊乱，她听见远方传来吉卜赛人小货卡引擎的轰隆声响，然后又听见他将车慢慢驶远。加芙列拉倾听这个声响在黎明曙色间消逝。她站了起来，抖抖衣服，然后穿上它们，意兴阑珊地走回家。她被逮了，无处可逃，回到家，躲在她认为唯一能够藏住自己的地方——床铺后方。周日一整天，她就待在那儿耗着等，现在，她人在床铺后，听见大门发出嘎嘎作响的开门声。大门在她面前打开，她的丈夫佩德罗·萨尔加多走了进来。

2

吉卜赛人一路驾车到水坝,将小货卡停在路肩,引擎熄火,然后躺在驾驶座,回味着加芙列拉的每个香吻。这女人真令他神魂颠倒,他也令对方疯狂,但吉卜赛人知道,自己将有好一阵子无法回到洛马格兰德。他必须静候佳音,确定镇上的纷扰都结束了再回去。

他下车走到水坝上。脚踝、额头、手臂与手掌全是抓痕。他褪去上衣,把衣服揉卷成团,藏在草丛下,然后跳入温热的水中,用泥巴擦拭身体,顺便替伤口消毒,同时打消心中的欲念。一大群小水鸭振翅疾飞,低掠过水面,发出窸窸窣窣的声音,他吓了一大跳。"狗娘养的畜牲,"他想,"昨晚那家伙还真是穷追不舍,真把我给吓坏了。"

吉卜赛人将涂抹在身上的泥巴硬块冲洗干净,玩了玩水,试着徒手抓几条鱼,把自己逗乐。然后他离开水坝,用衬衫擦干身体,套上长裤。他可不想光溜溜跑来跑去:现在是周日清早,很多家庭会趁这个时间一起出游,路上行车来来往往。随后,他靠倚一块支撑水坝的基石,昏沉沉地睡着了。

几乎没人知道他的本名,他叫何塞·埃切韦里·贝里欧萨巴,大部分人只管叫他吉卜赛人。他在坦皮科自治区出生,父亲是个巴斯克[1]水手,跟一个艾利特冰果室的女服务员生下他这个私生子。他从父亲那继承了高大的身材、碧绿的双瞳,另外也遗传了母亲宽阔的骨架、清晰的线条、发达的肌肉,以及与她如出一辙、不向命运低头的气魄。

早在青少年时期,吉卜赛人便开始与已婚妇女有染。他从不理解自己为何有这种奇特的偏好,他的朋友倒是替他辩护,认为是因为他母亲自始至终都没能结婚的缘故。十五岁时,吉卜赛人惹火了一个有妇之夫,对方持刀将他砍得浑身是血。其中五刀砍在他背上,伤口深可见骨,但他仍勉强挨住。伤势痊愈后,他便一辈子扛着那些骄傲的刀疤活下去。

三年后,他又搞上一个海关人员的妻子。他们在床上被女人的丈夫逮个正着,对方用一把点32口径勃朗宁手枪,朝他胸口狠狠开了三枪。

伤愈后,吉卜赛人誓言此仇非报不可。他打听射杀他的男人躲

---

[1] 巴斯克人(Vasco),西南欧的少数民族,主要分布在西班牙的比利牛斯山脉西段和比斯开湾南岸,其余分布在法国及拉美各国,属欧罗巴人种地中海类型。

到坦坡雅城，跑去那儿堵人却没找着，反倒遇上一名卡车司机，对方介绍他做居家用品流动摊贩这一行。此后，他就在村与村之间四处奔走，给自己起名"吉卜赛人"。

日子久了，他发现卖些台湾制造的走私小玩意儿挺有赚头。每卖一口平底锅他就能赚两倍钱，每卖一块石英表还能为他带来六倍利润。虽然他还需要分一杯羹给巡警、州司法人员、联邦司法人员、市府长官与合作农场的代表们，但获利仍属可观。

他的存款足以添购一部加装后车厢的道奇小货卡，加上在坦皮科自治区盖一栋小屋。然而，他总是居无定所，经常开车夜宿荒郊，或者用货品跟人换取住宿和食物。他每年固定到洛马格兰德两次，一月某个午后，他和加芙列拉勾搭上了。从那时起，他开始每月造访洛马格兰德一次。

在洛马格兰德镇，他寄宿鲁蒂略·布埃纳文图拉家中。鲁蒂略是一名老农，双目失明，多亏吉卜赛人送他一台随身听，让他找到驱散黑暗的新方法。为了报恩，鲁蒂略提供吉卜赛人一个可以落脚的栖身之所，外加一份诚挚的友情，但不供食，因为鲁蒂略得靠一窝母鸡勉强糊口，算算也就十来只母鸡，自己也是拮据度日。他们情真意切，只有老农夫知道吉卜赛人为何这么喜欢回洛马格兰德。

3

"老兄弟"拉努尔福·奇拉特醉得一塌糊涂，但不纯粹是那些啤酒造成的，或许是他自己编造的谎言害的。他之所以胡诌了吉卜赛人与阿德拉的事，纯粹是为了主导发言权，激起大家的注意。如此一来，他终于能依凭自己喜好，任意捏造这一则流言。"老兄弟"嘴里吐出的谎言令自己醉到不省人事，醉到无法脱身，也不愿脱身，甚至最后连他自己都觉得确有其事。此外，真相已经一点也不重要了。现在他说了算。

只有他清楚，其实自己根本不是在河边牧场挑灯狩猎，而是反方向那头，在艾伯纳山麓下的荆棘丛一带。只有他自己明白，那赤裸的身躯、悬在半空中摇摇晃晃的乳房，以及在黑暗中被他照亮、惊恐不已的脸庞主人，其实是加芙列拉，不是那个被人一刀穿心的小姑娘。只有他自己知道，闪烁的灯火下其实是一对正在通奸的狗男女，不是凶手和死者挣扎、扭打成一团的画面。这些，除了"老兄弟"谁也不知道。

拉努尔福知道扯谎只会越来越凶，自己便会越来越危险，但到了这地步，其实自己已经无法驾驭它了，眼看就要一发不可收拾。镇上其他的男人都已经被他的谎言灌醉，现在，大家一致认定吉卜赛人就是这桩命案的元凶。这是崭新的事实，拉努尔福得逼自己一辈子相信它才行。

4

吉卜赛人感觉有只蝎子在自己背脊上爬行，猛力拍了拍才发现自己是被滑落的汗水吓醒。他反复睁大双眼，想挣脱睡梦残余的沉重感。清醒后，他仍弄不清楚自己身处何处，直到数秒后听见打在溪石上哗啦哗啦的溪水声，他才慢慢回想起来。吉卜赛人抬起头，看见自己肚皮上的汗渍已经积蓄成一个小水塘，阳光反射、波光粼粼。他笨手笨脚爬起来，尽可能不将身体的重量放在已经完全麻痹的左腿上。一阵微风自水坝那头吹拂而来，吉卜赛人甩甩头，抹干汗珠淋漓的后脑勺和脖颈，然后抬头望向天空，估算时间差不多已经过午。他至少睡了整整五个小时，长时间仰首面对日照使他的嘴唇彻底干裂。吉卜赛人用口水滋润嘴唇，顺便擦擦自己发烫的眼皮，然后开始按摩大腿，想消除腿麻后的瘙痒。他按摩了好一阵子，尝试回忆自己做的梦，哪怕是一个片段也好，但脑海中什么画面都没有。他舌尖上加芙列拉的香郁犹存，他想自己大概又梦到她了。

吉卜赛人褪下长裤，跑向水坝，噗通一声跳入水中。湖水虽然温热，但仍赶在他恼怒之前让他稍稍消了暑。吉卜赛人仰天漂在水面，看着成群鹈鹕紧贴湖面飞来飞去。

他在湖水中玩到肚子饿了才离开，然后靠在一颗岩石上，等阳光将自己的身体晒干。远方传来拖拉机犁田忙活的声响，他喜欢这样的噪音，他想起拖船在港口拖拉大船时轰隆作响的引擎声。他穿好衣服，走向小货卡，打开驾驶座车门，然后扭开收音机，调整频率搜寻电台，每个频道都转过一遍后，才停在一个自己小时候常听的坦皮科自治区电台，然后将音量调大，走向后座，在车厢里翻出一罐鲔鱼、一罐豌豆罐头、一瓶美乃滋、一瓶烟熏辣椒和一袋宾波牌吐司面包，并用四片吐司替自己做了一份三明治，转眼工夫就吞了个精光。接着他开了一瓶柚子口味汽水，坐在引擎盖上喝。收音机播放的节目是"心碎男子天地"。他想，一个真正的男子汉绝不会被女人抛弃，所谓"心碎男人"，指的不过就是那些摸不透女人心的蠢驴。主持人的意见与他相左，不断赞扬"这些男士有多么高贵、多么大方！因为不论心里多痛，他们仍愿意放手让自己的爱人走自己的路"。

同时,主持人侃侃而谈,大聊"逝去的爱留下的甜美伤口"。吉卜赛人回忆前一晚发生的事。每个与加芙列拉幽会的夜晚,都是他生命里最激情的时刻,而每次翻云覆雨之后,加芙列拉都觉得非常内疚,因为自责,她会要求吉卜赛人让她独自静一静,等到吉卜赛人离开洛马格兰德后,加芙列拉的情绪才会平复下来。接下来的时间里,加芙列拉会被自己心中的平静紧紧纠缠,缠得她喘不过气,仿佛就要窒息。

她会殷盼吉卜赛人哪天晚上返回小镇,等待吉卜赛人来搅乱她心中的一池春水。

"现在时间,下午两点五十分,您收听的是由格兰德河飓风乐团演唱的《好马不吃回头草》。"主持人以悦耳的嗓音说。

吉卜赛人突然爬下引擎盖,将剩下的冷饮一饮而尽,接着跳上驾驶座。时间比他预想得还晚,他必须开车到圣费尔南多去接应一批走私录音笔,如果动作再慢,等他抵达,或许太阳就下山了,届时恐怕会找不到供货的卖家。对他来说,一旦跟卖家断了联系,要想重新搭上线可不是一件轻松的事。

吉卜赛人扭掉收音机,发动引擎,开始将方向盘往右边打,打了一半,他又突然停下来,一动不动,若有所思,加芙列拉残留在他嘴角的香吻尚未消退。从来没有哪个女人像加芙列拉这样令他按捺不住：他每晚都梦见对方，从未停止想念这个女人，他的肉体更一再告诉自己非得到加芙列拉不可。

吉卜赛人缓缓将方向盘转回左边，开上直达洛马格兰德主干道的路，他猛催油门，脑中有个坚笃不移的想法：要将加芙列拉整个人掳走，然后与她一起在坦皮科自治区自我软禁。从发动卡车那刻开始，吉卜赛人便下定了决心。他开了约莫一公里路程，突然紧急刹车，双眼紧盯远处的地平线，深呼吸一口气，倒车向后，整辆小货卡转了一圈，最后开上反方向的路，驱车扬长而去。

5

佩德罗·萨尔加多偷偷摸摸从大门溜进屋内。加芙列拉出神地望着他，眼中尽是骤然遭受冲击的恐惧。佩德罗手段粗暴，下手时又喜欢延迟折磨的时间，这点她非常清楚。若佩德罗打算杀她，那根本是家常便饭。好比有一回，佩德罗虽然小心谨慎，但手上镰刀一挥，还是把另一个村子某个小伙子的喉咙连皮带肉砍断。这家伙成天色眯眯地窥看加芙列拉，幸好命大没有死，多亏了牧场里一名医师医术高明，在缺乏外科手术器具的情况下，以钓鱼钩替他缝合伤口。不，佩德罗绝不是会心软犹豫的人。一如这次，一如先前好几次，他都证明了这一点。但无论如何，佩德罗在加芙列拉心中仍是个好丈夫。他温柔体贴、工作勤奋、责任心强，唯独周末会变成大酒鬼。虽然他从没真的想杀掉加芙列拉，但却老是威胁她，他说，要是加芙列拉胆敢红杏出墙，让他戴绿帽，他肯定将她五马分尸、大卸八块。加芙列拉知道，这威胁肯定兑现，绝非嘴上说说而已。

佩德罗端详着跪在床铺后头的妻子，猛然吼道，"你究竟在那里搞什么？"这话在加芙列拉耳中听起来像一阵乱棍毒打的序曲。

"在找袜子。"她勉强吐出几个字。

"那你找到了没有？"

加芙列拉只用一句有气无力的"还没"回应他。

佩德罗走向桌边，坐上一张木头椅凳。

"给我来杯咖啡，顺便煎几个蛋，我快饿死了。"

加芙列拉胆怯地望着佩德罗。她站起来，往瓷杯里倒咖啡，然后小心翼翼递给他。佩德罗加了四匙糖，然后开始细细品尝。

"你整天都上哪儿去了？"佩德罗问，话中不带一丝情绪。

加芙列拉手拿油瓶，将油倒入锅里，然后转头面对佩德罗。她试图在佩德罗眼中寻找怒火压抑下来后的余烬,但她只见到对方连续两天喝得烂醉,整个人呈现水肿的福态。佩德罗挑起眉毛,张着嘴等她回答。

"我从昨晚到现在都没出门。"加芙列拉语气沉着地说。

佩德罗的眼神上下打量着妻子。

"所以,你不知道?"他用半信半疑的口吻质问加芙列拉。

恐惧再度向加芙列拉袭来。她不知道佩德罗是不是在试探她,想故意引导她说谎,或者佩德罗就只是单纯问问她而已。她被自己的疑心吓得半死。

"不知道什么事?"她的声音断断续续。

如果佩德罗没有喝得那么多,他会马上察觉妻子紧张兮兮的异样,但酒过三巡,老早就被醉意压制,他只开口说:

"我表弟拉蒙的女友被人给杀了。"

加芙列拉感到自己心中的恐惧正在一点一滴逐渐消散,最后,她终于能好好把话讲完,声音不再颤抖。

"哪个拉蒙?开店的那个吗?"佩德罗点点头。好不容易解脱了,加芙列拉转身背对佩德罗,开始煎蛋。佩德罗累坏了,整个人瘫在桌上。加芙列拉煎好蛋,将蛋盛到餐盘里,然后摆在丈夫正前方。佩德罗闻了闻，双手揉揉脸，打起精神。

"帮我拿块法国面包过来。"他要求。加芙列拉从袋子里取了一块递给他。佩德罗将面包撕碎，拿了一小块沾着蛋黄吃。

加芙列拉注意到佩德罗身上只穿了汗衫。

"你的衬衫呢？"

佩德罗手上的面包悬在半空，还没来得及送进嘴里。

"借给表弟了，"几秒后他才回答，"他守灵时需要。"

"拉蒙的女友叫什么？"不知情的加芙列拉询问道。

"阿德拉。"佩德罗回答。

加芙列拉在心中默念这个名字一遍。

"阿德拉？"

"嗯，"佩德罗补充道，"但我想你不认识她吧，她是新住民那群人里的。"

"是的，我并不认识她。"

佩德罗继续用面包块沾着蛋黄，准备等会好好大快朵颐一番。

加芙列拉检视佩德罗的一举一动，寻找是否有任何吃闷醋的征兆，但一点蛛丝马迹也没有，于是她冷静问出最后一个问题。

"知道杀她的凶手是谁了吗？"

佩德罗连忙将嘴里的咖啡一口咽下去，含糊地回答：

"嗯……吉卜赛人干的。"

加芙列拉顿时哑口无言，内心深处再度颤栗起来。

Chapter IX　其他人的夜晚

1

　　整晚，阿斯特丽德·蒙赫都无法驱散自己眼底的寒意。好友尸体的模样很顽强，让她一直无法移开视线。她吃不下晚餐。阿德拉身上涌出宛如皮革腐败的臭气，至今仍残留在她的鼻腔内。阿斯特丽德的母亲眼见她如此烦心，想替她在太阳穴上贴块草药贴布，舒缓她的不适。然而事与愿违，死亡令人作呕的感觉已经深深占据阿斯特丽德的心。

　　有那么一瞬间，阿德拉逐渐淡去，变得不像阿德拉。若非阿斯特丽德替她更衣时，亲自感受阿德拉在她手中逐渐流失温度、变得冰冷，到现在她还无法相信这一切是真的。阿德拉的死在她生命里凿了一个大窟窿。之前，即便她们认识对方没多久，彼此却已建立起宛如生命共同体的坚定情谊。她们无话不谈，从来都没有想过哪些事不能被当成姐妹淘的话题。阿斯特丽德先带头玩起真心话的游戏。她与阿德拉分享了自己最私密的事，无论叛逆的梦想还是冲动的欲望。没多久，她的少女情怀显得微不足道，马上被阿德拉贪婪的故事压了过去。这位外地来的小姑娘举止庄重、惜字如金，却早已学会如何隐藏体内奔窜的热浪。阿德拉开始向阿斯特丽德倾诉侵蚀她的每一分爱欲。阿德拉从未揭露那位在她身上留下被她称作"烈爱伤痕"印记的人是谁：抓痕、咬痕，以及遍布乳头下方、小腹赘肉上、大腿内侧，还有她一头乱发遮盖住的后颈上的瘀血。阿德拉甚至还得意扬扬地向阿斯特丽德展示自己的私处，讲述自己被服侍得如何舒坦，上头还有一块瘀血，令阿斯特丽德看得瞠目结舌。

"我恋爱了，我无可救药地恋爱了。"阿德拉成天把这句话挂在嘴上，但从不泄露情人的身份。后来，阿斯特丽德才知道，阿德拉其实正在跟一位有妇之夫交往。他们俩一天到晚跑去河岸浓密的灌木林，趁黎明破晓前恩爱缠绵。

阿德拉的父母大概也猜到女儿的心事。显然，不仅仅因为阿德拉在情绪上有很大的转变，整个人满面春风，更因为母亲已经不只一两次读过阿德拉写给这位幻影情人的书信。阿德拉自以为将那些情书藏在睡觉的床垫底下就神不知鬼不觉。阿德拉的父母身为虔诚的天主教徒，一心想保护孩子远离危险，预防他们误入歧途、铸下大错，但阿德拉每天早晨都在高潮的快感下展开美好的一天，这点他们倒是想都没想过。阿德拉的情书也完全看不出征兆。信的内容暧昧不明，乍看像一段认真的感情，对方也有名有分，但究竟是个怎样的人，信里只字未提。

晚上，他们决定向阿德拉问清楚，为什么这阵子总是偷偷摸摸。面对他们的质问，阿德拉不疾不徐地响应，说自己口中的男友是镇上一个与她年纪相仿的少年，彼此共处时，对方的言行举止都非常尊重，且打算认真地与她交往下去。恰好，遭遇不测的这个周日，阿德拉正打算将他介绍给父母。

为了从自己编织的谎言里逃脱，全身而退，阿德拉想请阿斯特丽德的哥哥帮忙，请他冒充男友几天。无论理由是阿德拉行事谨慎，还是她心中感到万分懊悔，又或者只是不好意思开口，总之，最后她终究没胆这么做。

阿德拉第一次说谎扯出来的故事就被自己的父母采信，而且照单全收。她唯独愿意和阿斯特丽德分享她放荡不羁的罗曼史，只有阿斯特丽德一个人知道，阿德拉正在计划与她的无名氏爱人一同私奔，去到塔毛利帕斯州那些山岭或什么地方。阿斯特丽德并没有紧追对方的姓名不放。阿德拉秉持一贯的否认态度，坚拒透露任何线索，最终令阿斯特丽德只好打消探究的念头。她不再对这位神秘人物感到好奇，直到阿德拉遇害的消息传到她耳中，她脑中开始有一系列可疑人士的身影，来来回回，不断闪过。然而，所有她怀疑的人都逐一被她排除了嫌疑：他们都不符合阿德拉先前对自己男友做出的描述。每次，阿德拉介绍他时总是不去形容他的外表，不谈他的身材、肤色、长相、胖瘦；反倒举了其他更具体的特征，好比说，她总是将对方形容得勇敢无畏，是个大混球，同时也是很棒的爱人。仅仅这三个词汇，就不是随便能套用在每个男人身上的。

阿斯特丽德猜想，拉蒙·卡斯塔尼奥斯就是最后自告奋勇，替阿德拉圆了谎的那个小子。他掩护得可真好。拉蒙就扮演了阿德拉常挂在嘴边的那位害羞小男友，阿德拉的父母好像也相信了，所以他们现在缠着拉蒙不放，拉蒙走到哪，他们跟到哪，仿佛他也是死者最亲近的家属之一。

清晨时分，大哥登门拜访，阿斯特丽德早已不再费神揣测谁的嫌疑最大了。她的大哥从店里捎来一条十万火急的消息：是吉卜赛人杀了阿德拉。一时间，阿斯特丽德弄糊涂了，她从没想过吉卜赛人是自己好姐妹的爱人，怎么说也不会猜想到是他下的毒手。吉卜赛人既非有妇之夫，也不住洛马格兰德，阿德拉却老是炫耀她与爱人每天多么你侬我侬。然而，毋庸置疑，整个洛马格兰德也就只有吉卜赛人约略符合阿德拉勾勒的爱人形象。

2

卡斯塔尼奥斯家的老寡妇将脸贴俯在墙面上，想偷听外头谈话，她尽可能动作放轻，以免屋外的人察觉她的摇椅发出的嘎吱声。这个周日夜晚，大家的话题不外是吉卜赛人犯下的滔天大罪。大伙儿酒酣耳热，你一言我一语，众说纷纭，突然有人天外飞来一句："我们得替她报仇……杀了这吉卜赛人。"托尔夸托·加杜尼奥用阴森冷酷的语气这么说。老寡妇猜想这话是冲着他儿子来的，便把耳朵从偷听的墙缝中探出去。她先听见拉蒙默不作声，然后听见在场其他人哄堂大笑。起初，她不想去深思，不过也约略猜想多半是托尔夸托在开玩笑，其余的人则取笑拉蒙窘迫到脸色发青的模样。她猜对了，看来拉蒙勇气不足，要他杠上吉卜赛人，哪怕只是动吉卜赛人的一根手指头都是不可能的。拉蒙自己很清楚，其他人也是，因为根本没几个人胆敢和吉卜赛人正面冲突。吉卜赛人借着展示自己身上的五条刀疤、三个弹孔——共八个致命的伤疤——在镇上建立了刀枪不入的神话。"他可是有两层皮啊。"大伙儿如此谣传，"怪不得命这么硬。"此外，不知是哪儿空穴来风的谣言，又把另外四条人命一并算在他头上。撇开这些不谈，洛马格兰德毕竟仍是依法办事的小镇，有好一阵子没人寻私仇、替自己讨公道了。

"卡梅洛·洛萨诺会好好处理这浑蛋的。"胡斯帝诺·特列斯一口咬定。

听见其他人纷纷对这句话表示同意，卡斯塔尼奥斯家的老寡妇感到很欣慰。她才不想看到自己的儿子明知毫无胜算，还要被卷入这场决斗。她很满意胡斯帝诺的解决方案，耳朵这才从窃听的小缝边移开，然而，马塞利诺·乌依东低沉的一句话又令她把耳朵凑回墙上。

"别孬了，"他对拉蒙直截了当地说，"杀了这个狗娘养的杂碎。卡梅洛·洛萨诺完全不会动他一根汗毛的。"

顿时，在场所有人的嬉闹全都停了。马塞利诺有个儿子命丧车轮，对方只用一百万比索就收买了卡梅洛，逃过一劫，关押在牢里还不满半天就被放了出来。

"卡梅洛跟这浑蛋根本是一伙的。"马塞利诺再次强调。他所言不假，吉卜赛人每个月定期付给大队长一笔孝敬钱，所以他才能在塔毛利帕斯州南部干他的走私活。

"卡梅洛不会对吉卜赛人怎样，"马塞利诺坚持己见，"我看，他连亲手杀了自己养鸡场里的老母鸡都有困难。"

胡斯帝诺打算插手这档事。一直以来，他都劳心费力，避免暴力被当作解决犯罪案件的最后手段。他曾亲眼目睹希门尼斯和杜阿尔特两大家族的火拼大屠杀，所以很清楚，复仇无法平复双方的仇恨，反而会适得其反。两大家族成员最后一概被诛杀，无一幸免。无论如何，胡斯帝诺深信，把人送去蹲大牢总比火拼到头破血流要好。

胡斯帝诺正要发言，却被马塞利诺一句话给堵住。

"你不要再孬种了，胡斯帝诺。"马塞利诺望着他说，"有些事还是得用男人的方式来解决。"

马塞利诺转了半圈，目光紧盯着拉蒙。

"如果你不够男人，没种下手杀他，那就由我来。"他语气坚定地对拉蒙说。

"你别操之过急，阿诺，这事跟你无关啊。"胡斯帝诺插嘴，试图缓颊，"你自己都说了，这是男人之间的事，那就让拉蒙自个儿处理吧。"

马塞利诺不耐烦地点了点头。

"就照你的意思，"他说，"我会乖乖闭嘴，不过，在这之前，我还有最后一个问题。"

在场其余的人全回过头来，看着他，一副等着看戏的模样。马塞利诺又将视线移回拉蒙。

"你他妈打算怎么干？"他出其不意地问拉蒙。

现场顿时鸦雀无声。老寡妇坐在摇椅上，想放声大喊，"放过我儿子吧！"但其实她也只能心里无声地说一句，"老天爷，帮帮我吧！"

马塞利诺的提问让拉蒙整个胃都翻滚起来，他无处可逃了。这个问题只有一个答案。拉蒙吞了吞口水，他只有两个选项。一战成名，后半生都被视为真正的男人，或者就此与男子汉的名号无缘。

"我会杀了他。"拉蒙回答，他感觉灼热的胆汁一股脑冲上了咽喉，"我逮到他，我就会杀了他。"

马塞利诺举起手里的啤酒瓶。

"干杯！"他咕哝着。

胡斯帝诺拍拍拉蒙的肩膀。

"没事的。"他向拉蒙说。

冲动的血液会战胜一切，胡斯帝诺不会做任何事来阻止它发生。拉蒙应该亲手报这一箭之仇，血债血偿。

3

一只老鼠自桌面一溜烟跑过,嘴上叼了一块留在餐盘上头的玉米饼碎片,从板凳的椅子上滑落地面,逃之夭夭。纳塔略·菲格罗亚观察这只老鼠的一举一动,直到它溜进衣柜下侧的裂缝。现在时间是凌晨三点,纳塔略等着谁来向他通风报信,来告诉他谋杀自己女儿的凶手究竟是谁。

小时候,母亲就常告诫他,坏消息总会在夜里找上门。现在,纳塔略早已把这种说法抛到九霄云外了。迄今,所有坏消息都在大白天到来:某个六月的周日一大早,他接获通知,他儿子埃拉斯莫头部中弹,人倒在泥泞的大街上,奄奄一息。一个喝得烂醉的鲁莽酒鬼在街上寻乐子,他以乱枪扫射的方式结束了整个夜晚,一发子弹打穿埃拉斯莫的头盖骨。另一个四月的周六上午八点,他儿子马科斯的死讯传回家里。马科斯从一匹野马背上不慎摔落、撞上石块,整个身体断成两截,连接头壳和脖子的细颈骨摔得粉碎。而这次是昨日午后三点,艾维丽娅前来告知他们夫妇俩,阿德拉的尸体就像一条破抹布,被人丢弃在高粱田埂边。种种经验让他们认清事实,噩耗也可能发生在光天化日下。

纳塔略又啜了一口冰冷酸涩的咖啡。他的妻子在打盹,嘴里念念有词,讲述自己的噩梦。纳塔略若无其事地观察爱妻,他没有力气去安抚她,甚至连自己要活下去的动力也没有了,但他还有机会知道凶手是谁、长什么样,然后,他会狠狠在对方胸口划下一刀,一念及这事,他便备感安慰。

纳塔略听见房内有微弱的敲打声。他检查桌子,发现有只飞蛾正忿忿地拍打翅膀,反复撞击锡锅的锅盖。纳塔略用手指掐起它,拔断它的翅膀,然后将它一把扔到地上。飞蛾在厚实的地面上爬行一段之后便消失于阴影中。

纳塔略猛力一吹,将留在手上的飞蛾粉末吹掉,邻居养的狗正吠个不停。他站起身探向窗外,户外一片漆黑、伸手不见五指,无法辨认来访者,他猜,此人将带给他关于杀人凶手的信息。

他守在门后,等待对方敲门。由于过度紧张,纳塔略吹了一个口哨,将克洛蒂尔德给吵醒了。克洛蒂尔德被他这个举动吓着,一醒来便提高警觉。

"发生什么事了?"她睡眼惺忪,连忙问道。

纳塔略对她指了指大门。克洛蒂尔德还没来得及搞明白怎么回事,就套上拖鞋,走到丈夫身边。

"晚上好。"一道声音在门外喊。纳塔略打开门,发现门外站了两位陌生人。他不记得自己曾在葬礼上见过他们。纳塔略上下打量他们,然后才回应。

"两位好。"他冷淡地说。

其中一个拿起一只塑料袋,然后交给他。

"我们替你们带来一些吃的,可以当晚餐。"

纳塔略被访客突如其来的热心吓得不知所措。他接过袋子,低声道谢,然后与对方一起陷入沉默。克洛蒂尔德延请他们入屋:

"你们不来杯咖啡?"

男人们进到室内,坐到桌子旁。克洛蒂尔德打开他们带来的食物,把装在里头的六份洋葱马铃薯炒蛋玉米饼盛到一个大盘子上。纳塔略不饿,勉强吃了一块,免得失礼。这两位陌生访客说不久前才喝过啤酒,黄汤下肚后胃肠不适,于是便将剩余的玉米饼全吃掉了。

两位陌生访客都没有提及命案,只顾彼此打听最近郊狼又杀了他们几只羊、希坷城几月几号又要办一场舞会、什么时候要改选新任的合作农场代表、旱季时水坝的水位降到多低……仿佛他们造访纳塔略府上,只是为了延续他们了无新意的话题。

克洛蒂尔德和纳塔略耐心地听他们闲扯了一个半小时,直到其中一个陌生人决定告辞。纳塔略沮丧极了，因为他们的谈话完全没有透露凶手的身份。他缓缓站起身送他们离开。

"晚安。"纳塔略对他们说。

"晚安。"两位访客里较客气的那位回应他后一动不动地瞧着他。

"怎么了吗？"纳塔略语带焦虑地问道。

另外一位思索了一会儿才回答。

"没事，我们只是想告诉您，我们已经知道是谁杀了您的宝贝女儿。"

一阵刺骨寒意向纳塔略袭来，他全身颤抖不已。

"谁？"他用尽全力，压抑自己汹涌的情绪。

"一个被大家称为'吉卜赛人'的家伙……"

眼见纳塔略脸上一副不认识这个名字的表情，男人又补上一句：

"每次都开黑色道奇来镇上的那个。"

纳塔略怒火直冲脑门，太阳穴两侧不断颤抖。他不清楚他们口中的吉卜赛人是哪一号人物，只打算亲手逮住他。现在只差向他们问清楚，吉卜赛人平常都在哪儿出没、该上哪儿找他。

"他住哪里？"

男子抿了抿嘴唇，发出"啧啧"声。

"在附近路上是逮不到他的……他不是这里的人。"

"这个吉卜赛人真他妈败类,"另外一位加上一句,"他在几个村子都欠了一屁股烂债。"

"我会一并向他讨回来,"纳塔略宣布,"我会亲手宰了这狗娘养的杂种。"

男子摇摇头。

"您摇头是什么意思?"纳塔略激动地问。

"有人抢先您一步,"男人说,"不久前,拉蒙·卡斯塔尼奥斯才亲口发誓要干掉他。"

"他没必要这么做。"他默默地说。

男子又一次摇摇头。

"这小子已经发了重誓,要是没能有个了结,事情未免也太难看……再说,他当然有必要这么做,因为人家本来可是打算跟您女儿结婚的。"

这个回答令老翁安心许多,如果拉蒙自告奋勇替阿德拉复仇,那他也该尊重对方的意志。

"吉卜赛人等着受死吧,"男子添上一句,"拉蒙发誓一定要做掉他。"

"我这就去找他,我得向他好好道谢。"纳塔略说。

4

吉卜赛人第一次拥抱加芙列拉时,她整个人都吓坏了,不是因为吉卜赛人这个举动,而是被自己的感受吓坏了。加芙列拉才给畜栏里的羊群喂过饲料,正从房子后头的荒地返回,这时,吉卜赛人出其不意地将她从腰际一把抱起,把她整个人抬到空中。加芙列拉试图挣脱。她的丈夫佩德罗·萨尔加多正在接送棉花采集工的箱板大货卡上头,从埃尔萨拉多村的农场返回的路上,不消多久,丈夫就要到家了。与其说是使用暴力,不如说,吉卜赛人才用几句话就将加芙列拉制伏,让她乖乖的、动也不敢动。

"你想的话,我就松开手。"吉卜赛人对她说。

加芙列拉不再使劲抵抗了。他们彼此眼神交会的次数够多了,双方都再清楚不过,这个拥抱绝非偶然。然而,此时此地,这个拥抱成为一个不合时宜且凶险的游戏。加芙列拉不想从这个压制她不放的男人身上挣脱,然而,她也不想捅出什么篓子来。对加芙列拉来说,要使吉卜赛人冷静但又不必跟他硬碰硬的最好办法,就是令自己瘫软下来、让眼神迷失在虚无之中。

怀中不断扭动、磨蹭的女人突然郁郁寡欢,顿时让吉卜赛人不知如何是好。他用尽全身力气将加芙列拉搂得更紧,加芙列拉则维持同样的姿势，毫无抵抗意图。面对加芙列拉冷冰冰的反应，吉卜赛人的欲火全熄了，他沮丧至极，只好松开她。没料到加芙列拉暗藏内心深处的欲火早已熊熊燃烧，几乎令她窒息。

"我看我最好还是离开。"吉卜赛人嘴里咕哝着。他感觉心浮气躁，觉得自己颜面尽失。

加芙列拉表情漠然地对他说："别放开我。"

吉卜赛人被她给搞糊涂了。他转过身来面对她，朝她的双唇吻了上去。加芙列拉本能地高举双手，紧紧揪住吉卜赛人的后背。加芙列拉在衬衫布料下的肉体早已香汗淋漓，她抚摸延展在吉卜赛人背上、如小丘般隆起的一道道刀疤，越摸越兴奋。她感受吉卜赛人坚挺如巨岩的后背，对他的男子气概着迷不已。她的身躯紧绷起来，舌尖舔尝吉卜赛人苦涩的嘴唇，然后一把将他推开。

"你走吧。"她命令道。

吉卜赛人此刻早已欲火焚身，只想再一次将她紧紧搂在怀里，但加芙列拉不断使劲，用手臂横挡住自己。

"你走，"她又重复了一次，"佩德罗马上就回来了……我们之后再见。"

听到这话，吉卜赛人非常满意，这才愿意离开。他知道加芙列拉已经是自己的囊中之物，跑不掉了。加芙列拉则独自僵立在院子里，强自隐忍双胯之间不断焚烧的熊熊野火。

当晚，加芙列拉无时无刻不在想吉卜赛人遍布刀疤的后背。即使两年后，佩德罗跟她说，吉卜赛人就是谋杀阿德拉·菲格罗亚的凶手，她也仍旧无法不去想着吉卜赛人的那张背。不过，现在她幻想的那张背有些不同了，已经不是那张好几次令她感受无限快感、仿若升天的背，而是一张不法亡命的背。众人追杀吉卜赛人，不狠狠将他从这个世界上抹去是绝对不会善罢甘休的。如今，这张背成了加芙列拉的梦魇，它代表吉卜赛人给人从背后杀害的画面。因为，唯有从他背后偷袭才有机会取他性命，迄今为止，还没有谁敢跟吉卜赛人正面硬碰硬对着干。

命案的矛头全指向了吉卜赛人，但那件事绝不可能是他干的。只有加芙列拉对吉卜赛人的清白坚信不疑，也只有她能证明吉卜赛人无辜。然而，坦承事情的真相对她来说实在太过冒险，那就等于要她用自己的性命去换吉卜赛人的一条活路。加芙列拉畏惧极了，根本无法鼓起勇气搭救吉卜赛人，一点办法都没有。她倒进被窝放声大哭，同时又想起了吉卜赛人的背与他们的相聚时光，内心此刻有种想要待在他身边的强烈欲望。加芙列拉从没料到，有一天，埋藏心中的秘密竟会令她如此痛苦。她合上眼，试着在这个黏稠的夜里入睡。

5

胡斯帝诺在床上翻来覆去，然后再次睁开双眼。他已经失眠好几个小时，现在头昏脑胀，不是因为他灌了太多胜利牌啤酒，也不是因为这个湿热的夜晚被成群苍蝇占据，更不是因为白天为张罗死者后事不停奔波、忙到不成人形。他睡不着，纯粹是因为有个模糊暧昧的念头，在他的意识里挥之不去。

他找不到静下心来的理由。命案大致尘埃落定，除了拉努尔福·奇拉特的证词，关于吉卜赛人的行径另外又衍生出数种不同版本的说法，无论哪种解释都把这一条人命算在吉卜赛人头上。托尔夸托回想起来，好几个清晨，他都撞见吉卜赛人在阿德拉家门外徘徊；马塞多尼奥则一口咬定他曾撞见吉卜赛人在磨刀，手上的大刀就是卢西奥失窃的那一把；帕斯夸尔描述了吉卜赛人赞美阿德拉时的遣词用字有多么低级、多么不堪入耳，阿德拉却无动于衷；胡安·卡雷拉说他有次听到吉卜赛人述及自己如何爱上一个女人，对方又如何打翻他的醋坛子，令他气得火冒三丈，但他从头至尾没有提及这女人的名字；佩德罗·萨尔加多说，自己老早注意到这家伙形迹可疑。

一切指证历历，杀人凶手无疑就是吉卜赛人。

时间接近清晨九点。稍早之前，还没到五点钟，胡斯帝诺已经在床上躺平，但一直到现在都无法入眠。什么事不太对劲。一个模糊且不合时宜的细节令他失眠，但他早已不胜酒力，无法好好思考。

他在床上翻来覆去了一会儿，想等睡意上门，却久久不能如愿。"该死，"他心想，"我到底怎么回事？"一股酸腐味自他喉间流窜而出，掠过他的舌面。他整个人累垮了，很希望能被睡意狠狠碾过，但就是一点都不困。如果他太太还活着，或许早就替他想了法子，好为他解决睡不好的问题。但此下妻子已经过世，他孤家寡人，家里没有谁能给他出主意。

胡斯帝诺整个人跳起来，跛行到被他当作碗橱的蔬果箱旁，从里头翻找，想拿个什么来消除自己的焦虑。他取出一瓶速溶咖啡、一罐奶粉、几份包起来的玉米馅饼、一小块马肉干、几颗西红柿，还有几条青辣椒，直到最后终于找到他需要的东西——几颗乌檀[1]种子。

他将乌檀籽丢入锅中，等水沸腾泛红，便把锅子端开，加入两匙奶粉，小口啜饮整碗汤，然后才躺回床上。这汤药的效果挺好，

---

[1] 乌檀为乔木或灌木植物，多分布于热带亚洲、中美洲、非洲和大洋洲。种籽长约一毫米，椭圆形，一面平坦，一面拱凸，种皮黑色有光泽，常被做为药材使用。

胡斯帝诺开始昏昏欲睡。先前令他伤神的问题尚未明朗，至今仍不断侵袭他的意识，但他已经可以不受干扰。

就在他快入睡时，半梦半醒间，突然一个画面在他心头浮现，一切谜团就此解开。画面里是一个足印——杀人凶手的足印，足足有一个掌心又三根手指那么宽。吉卜赛人的足印至少会比这个尺寸宽上两根手指。没错，就是这件事在他脑中徘徊不去，令他入睡前都还在挂念。

Chapter X　情书

1

在一连串唇枪舌战之后，拉蒙·卡斯塔尼奥斯终于能用一句话来表达一日多来的混乱心情——

"将军。"他嘴里念念有词。

托尔夸托和胡斯帝诺都被拉蒙借酒壮胆的喃喃独语给弄糊涂了，两人同时抬起头。

"什么？"托尔夸托拖长尾音问道。

"没事。"拉蒙回应。

他们俩目光呆滞地望向拉蒙，然后继续回到他们的闲扯。拉蒙又对自己重复了一次——

"将军。"这回他压低音量，另外两人没听见。

拉蒙其实不知道"将军"一词的意思，他不过是在一本名叫《牛仔之书》的小说里读到过，故事的英雄被一整个阿帕契部族团团包围，便用洪亮的声音对自己的同伴喊道："我们被'将军'了！"

拉蒙早已忘记故事的结局，但这个被用来描述千钧一发之际的字眼却深深烙印在他脑海。自此以后，但凡自己陷入动弹不得的困境，拉蒙便会搬出这个词。

"我被'将军'了。"他面色凝重，想象自己是名牛仔，被阿帕契部族包围。不过，到了早上七点，他才真的只剩死路一条。他彻夜未合眼，人还站在柜台后接待一群喝得酩酊大醉的顾客。此刻，他的心情真是跌到了谷底，自己在跟一个死去的少女传绯闻，又被逼着得去替她报仇。这时，他见到纳塔略·菲格罗亚朝店的方向走来。

拉蒙躲到货架旁，希望别被发现，更希望老翁别停下脚步，直接从店面前走过。然而，再多祈祷都是徒然，老翁一大早现身此地，就是专程来找他。

老翁直接走到店门口，低喃了一句"大家好"。托尔夸托和胡斯帝诺回过头来，一认出老翁，连忙笨拙地站起身。彻夜未眠的后遗症全写在拉蒙肿胀的双眼上，他有点羞赧，微微颔首回应老翁的问候。纳塔略双手插在裤袋里，一屁股坐进一张椅子。他逐一检视货架上的物品，一副拿不定主意、不知该添购什么的模样。

托尔夸托和胡斯帝诺坐回椅子上。拉蒙觉得，纳塔略看上去比前一天还了无生气，每个动作都让人觉得他的身体随时可能会断成两截。

拉蒙不仅不想和纳塔略交涉，更不想再与任何人有言语接触。他只想躺回床铺，倒头睡个三天。

"用过午饭了吗？"纳塔略询问拉蒙的用意，是想延请他一道返家吃点东西，好借机跟他私下晤谈。

"吃过了。"拉蒙毫不犹豫地回答。

托尔夸托向他挑了挑眉，摆出疑虑的眼神。

"你几点吃的？你不是整晚到现在都待在这儿？"他质疑拉蒙的说法，用字遣词咄咄逼人。

拉蒙用手指了指旁边的货架，上头摆放了几包油炸食品。

"我吃了点心，还不饿。"拉蒙撒了谎，事实上，他肚子饿到整副肠胃都在绞痛。直到现在，他只吃了两条玛莲娜牌巧克力棒和一些劲辣夹心饼，但他一心想摆脱纳塔略与这两名醉汉。他已经不想再开口、不想继续站着，更不想再去想关于阿德拉的事。他受够了。

纳塔略可以体谅这名年轻人的倦怠、心烦，但他仍急着想跟他好好谈谈。

"内人准备了鳟鱼口味的玉米馅饼，要我邀请您来寒舍坐坐。"纳塔略补充道，他看准自己的邀约如此直接，拉蒙断然不会拒绝。

拉蒙绕到柜台另一侧，请托尔夸托和胡斯帝诺让出椅子，连同桌子一起收进店铺后头，接着关大门，拿出一条绳子穿过门环，牢牢绑紧。"我马上回来,"他向母亲大喊,"我们待会见。"说完又请两位彻夜未归的客人离开,再对老翁说,"好了,我们走吧。"

2

前往菲格罗亚家途中,拉蒙又开始感觉不适。不只因为自己即将进入那个充满死者气息的湿漉房间,更因为与纳塔略并肩行走,每一步都像与阿德拉一起散步。阿德拉和她父亲外表看上去一个模样,手势也像,就连走路的方式都像一个模子刻出来的。此外,雉鸟也叽叽喳喳叫不停,阳光就像前一日上午、阿德拉温热的体肤在他怀里磨蹭时那般毒辣。就这样,一步一步,阿德拉的形象逐渐在拉蒙心中具体化:她用父亲的方式微笑、用父亲的方式呼吸、用父亲的方式走路。其实,拉蒙根本没听过阿德拉说话超过两个字,现在甚至可以听见阿德拉在说笑、在哭或笑。拉蒙在路上停下来稍事歇息,他闭上眼,揉了揉后颈。阿德拉的幻影不但没消失,反倒在他心中越来越清晰,拉蒙向老翁投以极度绝望的眼神,老翁只问他一句：

"你怎么了？"

纳塔略粗糙的嗓音打破了拉蒙身上的魔咒，阿德拉的身影瞬间瓦解，粉碎为晨间的烟尘。

"没……我没事。"拉蒙回应，然后深深吁叹了一大口气。

他们抵达纳塔略的家。拉蒙一进屋便闻到一股熟悉的香味，那是阿德拉被人发现倒卧高粱田边时身上的那股玫瑰香水味。稍早，克洛蒂尔德倒了几滴香水，好遮盖残余的尸臭。甜蜜的花香令拉蒙抓狂，阿德拉的鬼魂再次自鼻腔闯入他的体内。有那么一瞬间，他隐约见到阿德拉躺卧在行军床上，全身一丝不挂、飘散玫瑰花香，并且对着他高举双臂。"一切都是梦……我只是累了。"拉蒙心想，然后不甘于承受死者无所不在的漫漫存在感。他将躺卧在床上的阿德拉冷落一旁，坐下来用餐。

克洛蒂尔德送上玉米馅饼，搭配回锅炸豆与黑咖啡。拉蒙没三两下功夫便吃完了，从头到尾，视线几乎没有离开盘子。他吃饭时专注又投入，纳塔略和克洛蒂尔德决定不打扰他，自顾自地咀嚼心中的悔恨。

用餐完毕，克洛蒂尔德将碗盘收走，然后仔细清理桌面，不留一点东西。纳塔略毕恭毕敬地站起来，取了一个纸盒。他把纸盒搁在腿上打开，从里面取出一叠纸，然后细腻地抽出其中一张。

"这是阿德拉五年级时的奖状，"他指给拉蒙看，然后伸手递给拉蒙一张泛黄的照片，"她的功课很棒……老师说，她是全校最用功的学生。"纳塔略脸上显露一丝骄傲的神情。

拉蒙先看了会儿钉在成绩单上的阿德拉照片，接着才开始浏览阿德拉的考卷，西班牙文、数学、社会和自然，不同科目，不是一百分就是九十分。这张黑白大头照皱巴巴又模糊不清。照片里的阿德拉看上去很严肃，头发全部向后梳，额头光溜溜的，双眸炯亮有神地凝视一个未知的焦点。

"这张照片，她十三岁，"克洛蒂尔德在一旁作批注，"她是全班最高的女孩。"

拉蒙转过头来望向克洛蒂尔德，他有个无关紧要的问题，但老妪已经闭上嘴，注意力也不在拉蒙身上了。有个念头从克洛蒂尔德的脑海中闪过，在她脸上留下缥缈又稚气的神情。拉蒙重新端详阿德拉的大头照。她没有配戴耳环，看不出是否擦了口红或描了眼线，颈上悬着一条细项链，藏在上衣领褶里。那是一件雪白上衣。拉蒙问自己，会不会拍照那天，阿德拉刚好也穿了一条黄裙子？除了阿德拉与他邂逅的那个午后的模样，拉蒙无法想象她其他的装扮。

纳塔略在盒子里翻找，抽出另外一张相片。那是一张彩色快照，褪色让照片表面呈现一片乳白。照片里的阿德拉坐在一张金属长椅上，背景是书报摊。

"这张是有她入镜的最后一张相片，"老翁断断续续地说，"是我们快要搬来这儿之前没多久拍的。"

"在哪儿拍的？"拉蒙问。

"在莱昂市的主广场，那天是她生日。"克洛蒂尔德回答。

拉蒙本想继续追问日期，但不敢。照片中，阿德拉笑容可掬。他从没见过阿德拉脸上挂着笑容，也没有机会知道阿德拉的生日是哪一天。

3

这个清晨，就在阿德拉的照片、卷发、成绩单、坏掉的洋娃娃、圣诞贺卡与学校奖牌之间度过。克洛蒂尔德和纳塔略东拼西凑，试着还原爱女的形貌。他们之所以这么做，与其说是为了拉蒙，不如说是为了自己。

起初，拉蒙饶富兴意地听他们谈话，午饭让他重新打起了精神。

但中午才过一半,他整个人就已经疲惫不堪,听着老人家的故事直发愣。他要了好几杯浓咖啡,想甩脱身体的沉重感,尤其想避免阿德拉再度幻化成她父亲的脸孔。拉蒙三度想要告辞,但一到了道别时分,老人家总是再度陷入追忆往事的氛围,害他根本走不了。第四度打算离席时,拉蒙心意已决,但纳塔略又补了一句,"稍等我一下",便又将他给留住了。纳塔略走到衣柜旁,取了一包书信,摆到桌上。

"这些是你的。"他对拉蒙说。

拉蒙瞧了瞧信件,一时摸不着头绪。

"我的?为什么?"

"全都是阿德拉写给你的。"老父亲回答。

拉蒙一心想离开,早已起身,现在又坐回椅子上。克洛蒂尔德插嘴说了句:

"阿德拉已经跟我们说过你的事了。"

拉蒙的心跳得很快。一定是哪里搞错了,他真的和阿德拉一点瓜葛也没有。

老妇拾起了包裹,把它塞入拉蒙手中。

"拿去吧,"她轻柔地命令拉蒙,"全都是情书呢。"

拉蒙搞不清楚状况，想把手里的信还给她，克洛蒂尔德毅然回绝。

"我女儿非常爱你，现在她人已经不在了，你别让她难堪。"克洛蒂尔德严厉地说。

"都是你的。"眼见拉蒙有所顾忌的模样，纳塔略又重复说了一次，"晚上，阿德拉以为我们都睡了，就偷偷给你写信。"

拉蒙接过包裹。他虽然不愿相信老夫妇所言，但也不至于怀疑他们会欺骗自己。

拉蒙向他们道别，离去前纳塔略又拦住了他。

"谢谢。"他对拉蒙说。

"谢谢？怎么了？"拉蒙踌躇地问。

"谢谢你爱我的女儿，也谢谢你让我放下心中一块大石，不必亲自动手，了结一个人的性命。"

拉蒙尽可能远离洛马格兰德，他把情书夹在手臂下，跑过荆棘丛，寻找一个可以坐下好好阅读的荫凉处。他选择坐在一棵牧豆树下的石头上。情书约莫有五十封，全都折得妥妥贴贴，塞入信封里，信封全没封口，弥漫着浓郁的玫瑰香水味。

拉蒙随意翻阅起来。大部分情书都署名给一位不知名的"我的挚爱"，剩下的则没有署名。每一封都标上花与爱心的小插图，全部在讲述一段"我和你"之间的恋曲。其中几封的字迹非常细腻花俏，另有几封的笔迹却很潦草，还画上了又黑又粗的底线，非常难以理解。此外，每封情书的句法皆不同，杂乱无章，一堆没头没尾、前言不搭后语的句子混在一起。拉蒙很快领悟了。阿德拉把自己的话与《劲歌金曲》杂志上抄来的流行歌的副歌歌词组合起来，凌乱的程度令人不禁想象其中或许暗藏了给爱人的密码，对象也可能恰好就是吉卜赛人。拉蒙是这么认定的，直到他读到这五句话，他才将伤透自己脑筋的疑虑一扫而空：

今天我在店里认识了你。你是我黎明中的男人。
我很喜欢你。我会回来这间店里千百次，只为了能够见你。
我想成为你爱情疆界里唯一的那个她。

光有这段文字就足够了，足够让拉蒙重新好好细读几回。此外，他也读到了无数隐藏在字里行间的描述，全都与他们彼此碰面的那三次经验吻合。阿德拉在这些叙述中影射了许多唯有他们俩人才会知道的小细节。此刻，拉蒙心中殆无疑虑。阿德拉先前确实暗恋着他。现在，他该做出回应了。

4

　　克洛蒂尔德和纳塔略深陷于无止境的倦怠中。有人在他们午睡时找上门来。纳塔略拉开其中一面窗帘,见到拉蒙僵直地站在屋外。

　　"怎么了?"纳塔略从窗内探问。

　　拉蒙靠过去,身上带着那捆情书,汗流浃背,看起来激动不已。

　　"我来请您帮个忙。"拉蒙说。

　　"帮什么忙?"

　　拉蒙靠得更近,换了一口气,身影在逆光下只剩轮廓。

　　"请您送我阿德拉的照片。"

　　时间正值下午五点,老翁被拉蒙身后的夕照弄得两眼昏花,摇摇头拒绝了他。

　　"我只有你先前看过的那几张。"

　　"我知道,但我连一张也没有。"拉蒙抗议道。

　　纳塔略陷入了苦思。他一共保存了八张女儿的相片,任何一张他都不愿割爱。这些相片是老夫妇仅存的、关于阿德拉最鲜明的回忆。

　　"不行。"纳塔略铁了心,回答得很明确。

　　克洛蒂尔德来到两人身边。她伸出手,八张阿德拉的照片稳稳

地夹在她的指缝间,犹如一副扑克牌。纳塔略转过身来望着她,眼神中尽是责备,然而,克洛蒂尔德却说:

"我借你一张。"

拉蒙把这些相片全部检视了一番:阿德拉三岁的时候,坐在一个老妇人膝上;五岁的时候,跟小朋友们玩在一块儿;十岁的时候,向教父打招呼;十一岁,第一次领圣体;十一岁,面对教堂大门,站在神父与父母的面前;十四岁,从巴士车窗探出头来;十五岁,参加学校典礼;最后一张是十五岁,那天,她坐在一张金属长椅上。纳塔略告诉他每张相片背后的故事:在哪儿拍摄的、跟谁一起拍的,以及为了什么拍的。

克洛蒂尔德把照片摊成扇形。

"你挑吧。"她对拉蒙说。

拉蒙从左至右重新检视一遍相片,然后再次从右到左浏览。

"这里头没有一张是我想要的。"他说。

克洛蒂尔德耸了耸肩。

"不然你想要哪张?"克洛蒂尔德有些困惑地问,"我们没其他相片了。"

拉蒙身后的阳光仍然灿亮得令他们无法好好睁开眼,他们没有见到拉蒙正指着一只搁在桌上的盒子。

"那一张。"拉蒙说。

克洛蒂尔德环顾房间。

"哪一张?"她问。

"贴在成绩单上的那一张。"

克洛蒂尔德把相片拿了过来,小心翼翼地把照片从成绩单上撕下来,以防破损。她把相片交给拉蒙前仍不忘提醒:

"只是借而已。"

"有借有还。"纳塔略补上一句。

拉蒙回到家,问了母亲一句"一切都好吗?"便直接上床了。虽然他早已精疲力尽,但仍将所有情书重读了一遍。没有任何一封上面有日期,但他试着按时间顺序整理好。他拿着铅笔,在上头画上自己的小爱心。为了不再继续疑神疑鬼猜测这些情书到底是写给谁的,他在空白处写上满满的"拉蒙与阿德拉",又从佩德罗借他的衬衫左侧口袋取出相片,端详了很久。恍惚间,他忘记阿德拉已经是被埋在地底下的死尸肉块。忘记,是因为他见到阿德拉将头发向后扎起来,跟他一起坐在床沿,笑眯眯地抚摸他。忘记,是因为他昏蒙蒙地睡着,还做了一场美梦。

Chapter XI 一个手掌又三根手指头宽

1

胡斯帝诺被自己打呼的轰隆巨响给惊醒。

"谁在那里?"他大吼。

他爬起身,仔细地检查房间,但什么人也没找到,他想,大概是哪儿来的猫弄出的声响吧。他摸了摸头,指间全是湿泞的汗水。一股油腻的闷热感充斥整个屋子,感觉就像空气中充满了油。

"该死。"他嘴里咕哝着。

胡斯帝诺睡着时,上衣还穿在身上。他总是这样,事后才后悔,然后再骂上一通。现在,整件上衣都是他身上老人的腥臭汗水味。他脱下衬衫,取了一块海绵,将衬衫浸到装满水的脸盆中,拿来擦擦手臂、颈子与腋下。胡斯帝诺看了看,发现自己身上的T恤全被汗水弄湿,变成了暗色。他想换件衣服,却发现自己另外两件上衣比这件还要脏,所以只好继续穿上这一件。如今,已经没有谁会在乎他身上的衣服干不干净了。

胡斯帝诺啐了一大口口水,闻起来像熬夜的气味,加上酸涩的啤酒。他嘴里含了一口水,漱了漱喉咙,再将房门打开,让房间通风。阳光狂怒般反射在街道上。胡斯帝诺看了看表上的时间。

"都四点了,"他心想,"这该死的太阳还这么烈啊。"

他走向火炉,将炉火点燃。火苗微弱地闪烁,表示瓦斯即将用罄。很快他就得到曼特城走一趟,换一桶瓦斯回来。好兄弟埃克托尔·蒙塔拉诺先前送了他炒犰狳肉[1],胡斯帝诺在炉子上将平底锅摆妥,把吃剩的部分全都倒进锅里,翻炒了几分钟。他很喜欢肉吃起来带点焦苦味。

胡斯帝诺细嚼慢咽,细细品尝他的烤肉。他把每一根骨头都吸吮得干干净净,接着开了一瓶不冰的可口可乐,一鼓作气全灌下肚。胡斯帝诺想起杀人凶手留下的足迹。他必须回命案现场重新测量一次才行,之后还得拜访鲁蒂略·布埃纳文图拉,看看他是否知道吉卜赛人的鞋子尺寸。

---

[1] 犰狳(Cingulata),形似乌龟,是唯一有壳的哺乳动物,生活在中南美洲和美国南部地区。犰狳的壳分为三个部分,前后两部分有整块不能伸缩的骨质鳞甲覆盖,中段的鳞甲成带状,与肌肉连在一起,可以自由伸缩。尾巴和腿上也有鳞片,鳞片间有毛,腹部无鳞只有毛。

胡斯帝诺拎了一包剩饭出门。两条骨瘦如柴的癞皮狗兴高采烈地向他靠过来，兴奋地摇起尾巴。胡斯帝诺把剩饭全部倒给它们，两条小狗立刻扑了上去，互不相让，不断发出低沉的嗥叫来威吓对方。

胡斯帝诺走上一条往河畔方向的杂草小径。傍晚逐渐降临，燠热却没有要消退的意思，反倒像已经深深扎根于万物之中。几只黑色的公长尾鹩哥在牧豆树梢上鸣叫，一群灰色的小野兔自仙人掌丛中蹦跳出来。胡斯帝诺捡了一颗石头，趁兔子逃跑前朝它们的头上砸了过去。他自小就这样抓兔子，先用一阵乱石把它们吓得动弹不得，之后再用手刀在它们脖子上来个致命一击。胡斯帝诺已经很久没有用这个方法成功逮到兔子了，但失败阻挠不了他，只要给他找到机会，他总会小试身手。

他来到高粱田边。午后的静谧征服了他，鹌鹑悦耳的叫声充斥整片田野，几只白翼的鸽子正在啄食高粱穗。胡斯帝诺走到阿德拉当时倒卧的确切地点。案发现场仅留下一片鲜血干涸后的深褐色痕迹，还有被尸体的重量压扁的高粱秆。这片高粱田看起来再平凡不过，但事实并非如此。本来，维克托•巴尔加斯还在这片田地上耕作。前一晚，他已当众起誓，这辈子再也不要回到这块土地上务农。

"因为这里的死亡气息永远也不会消散。"他解释。

这块田地注定要被杂草吞噬。没人会想租下它,即便是以废弃土地的名义抛售,也不会有谁对它感兴趣。

2

胡斯帝诺调查了命案现场。阿德拉和凶手所留下的痕迹仍清晰可见。他蹲下身子丈量了一番:阿德拉的足迹有一个掌心宽,凶手的足迹则有一个手掌又三根手指头宽。他反复测量了数次,直至确认无误。出于好奇,胡斯帝诺也量了自己的脚印,足足比一个手掌又三根手指头还要大一些。杀人凶手一定跟他一样穿二十六号鞋。

他在整过地的农田里循着足迹前进,想找出足迹是从什么方向过来的。他好几度跟丢,但原地打转了几圈又重新跟上脚步。足迹四周的土壤很松软,这说明,他们两人当时是狂奔过来的,而且一直到最后遇害的那刻,阿德拉都没有停下脚步。足迹在一个茂盛又隐秘的草丛前打住,胡斯帝诺没胆穿过去。下午这个时辰,牧场高地里有许多蝮蛇潜伏,他害怕自己可能遭到蝮蛇攻击。他看过很多牛被蛇咬过后全身抽搐的模样。它们彻底失控,胡乱咆哮,发狂似地跺脚，直到最后痉挛倒地、窒息而死。

胡斯帝诺绕着牧草丰沛的牧场巡视了一圈，来到河畔，算了算足迹最后的位置与河畔间的距离，在心中画了一个想象的坐标，然后开始检查泥泞不堪的河岸，但只找到几枚鹿或獾的脚印。搜寻途中，胡斯帝诺发现了一条羊肠小道，从河岸的灌木丛间直贯而过，上面有动物走过的痕迹。胡斯帝诺钻进去，压低身子，以免被低矮的枝叶刮伤。他费了好一番功夫才穿过，一路可说是寸步难行。他后悔了，打算折返，但为时已晚。已经走了两百米开外，回程的经历应该一样举步维艰。他只好继续向前走。成群的蚊蚋随着胡斯帝诺的步伐纷纷自灌木丛间飞蹿而出，把他叮得浑身是包。胡斯帝诺试着拍打它们，虽然打死不少，但蚊蚋的叮咬攻势丝毫没有减弱的趋势。绿色隧道里闷热得要命，湿气和泥巴全都附着在胡斯帝诺的皮肤上，他的上衣全被汗水弄湿了。半蹲着走了那么长一段时间，弄得他的背脊开始发出咯咯嘎嘎的声响。

"他妈的我到底来这里做什么？"他放声怒吼。

胡斯帝诺几乎以双膝跪地的姿势又向前爬行了两百米，小径最后通往一个被树林遮蔽的空地。他从里头爬出来，坐到一个废弃的蚁巢小丘旁休息。这位突如其来的访客惊扰了一群棕鸦，它们纷纷尖锐地叫起来。他向棕鸦丢土块，想驱赶它们。鸟儿朝河岸的另一头飞了过去，继续叽叽喳喳叫个不停。

虽然胡斯帝诺早已精疲力竭，但仍凭借自己最后的力气继续他的调查行动。他非得查个水落石出不可，这种巨细靡遗的办案态度倒是有点过度热衷了。

这些地点都是他不熟悉的，然而，一切迹象都显示，他先前避开的那个杂草丛，并非毫无来由便出现在那块空地上，那儿的牧草比较低矮稀疏。这个牧场是完全天然的，牛群都会被放牧至此觅食。

胡斯帝诺站起身，开始在平地上进行探索。土壤因为毗邻河岸而变得松软，任何脚印在上头都会非常明显，但牛马犁田的杂沓轮印却令他的调查工作困难重重。要不是他在一棵棕榈树附近发现了一片草丛，上面有被大刀削过的痕迹，他大概就要扑空了。杂草丛内有一条白色毯子，旁边还放了一套妥善折叠起来的黑裙子和蓝上衣。

阿德拉身上的衣服并不是让人强行扒下来的。这几件衣物上非但没有破损或撕扯的迹象，反而被小心折叠过，连一点污渍或皱褶也没有。上衣底下摆了一双鞋、一条内裤，还有一件胸罩，四周净是双方留下的痕迹，胡斯帝诺一条一条地逐一检查。这些痕迹是打河岸那个方向来的。事实摆在眼前，凶手和死者一起来到这地方，可以非常清楚地看出他们曾并肩同行。在几个足迹上，还能看出他们几度停下了脚步、面对面站着，不是接了吻，就是两人紧紧相拥。足迹与他们脚上的鞋码相符，凶手穿的是一双高跟牛仔靴，阿德拉则穿了刚刚才在这儿寻获的那双鞋。然后，他能看出两人不疾不徐地褪去身上衣物，很快移身到毯子上，那条毯子俨然成为他们的爱之床。其余的部分则教人摸不着头绪。男人的脚印来来去去，先是赤足，后来又套上了靴子，最后脚步停在西侧五十步开外的地方。阿德拉的足迹自毯子向外延伸，开始狂奔。男人的脚印紧追其后，急速狂奔了五十步，每一步都翻起泥土，一路追到外侧绿草如茵的牧园，最后才转向高粱田转角，一场激烈的猎捕行动终于告一段落。

　　胡斯帝诺真的被搞糊涂了。他不知道该如何解释，为什么凶手与阿德拉做完爱以后会突然动了杀念，最后将她一刀刺穿。阿德拉为何如此百依百顺、柔情似水地写下自己的死亡结局。小心谨慎叠好的衣服、爱意满盈的铺毯、隐蔽的秘密角落与清晨赤裸的胴体，这一切最后在疯狂追杀、一刀毙命后划下句点。到底发生了什么事，才会引发这场丧心病狂的夺命追杀？

胡斯帝诺捡起黑裙和蓝上衣，衣服闻起来有玫瑰的香水味，证明阿德拉曾和凶手在此缠绵，更说明她并不是遭人以蛮力扒光了身子。光是这点，起码就与拉努尔福指证历历、声称亲眼见她连上衣都被扯破的版本有出入。

胡斯帝诺卸下他的小刀，先把衣服割成好几段布条，接着是内衣裤和毯子。他取了棕榈树的树枝，把自己的足迹全都抹得一干二净，然后走到河边，将破布跟女鞋全都往溪流里扔。证物已经破坏，随落叶堆及甘蔗渣一同载浮载沉，没多久便全部沉入河底了。

对胡斯帝诺来说，把这些证物带回镇上、呈现在众人面前一点好处也没有，他改变不了其他人认定吉卜赛人就是凶手的想法，那样无非给真正的杀人凶手一个销毁证物、杀人灭口的契机。他也不想返回镇上告诉大家他的新发现，说阿德拉其实是个欲求不满、欲火焚身的少女，连高潮都还没消退就被人给杀害了，他不想再一次伤害阿德拉父母的心。现在最好不要节外生枝、把整个案情搞得更混乱，只能祈祷，要是吉卜赛人真是清白的话，永远不要再回到洛马格兰德来了；倘若他真回来了，只好手指交叉作十，保佑他不要被人给杀了。

天色开始暗下来，胡斯帝诺准备离开空地。他循这对爱侣最后一次幽会路线的反方向走了一趟。这条路线非常隐秘，被荨麻草和钩藤彻底遮蔽，一路延伸到介于洛马格兰德和帕斯多雷斯合作农场间的荒山野岭，不容易跟上。

夜幕低垂，胡斯帝诺先设想自己身处何地，然后朝南方动身，前往鲁蒂略·布埃纳文图拉的家。

4

鲁蒂略在吉卜赛人送的随身听里放入一卷"北方猛虎乐团"（Los Tigres del Norte）的录音带，然后沉浸于音乐之中。他最爱这卷带子，另外还有一卷卡罗·金特罗[1]在监狱录制的伪造访谈录音带。鲁蒂略共有超过六十卷录音带。每次吉卜赛人拜访他，总会给他带个四五

1　拉法叶·卡罗·金特罗（Rafael Caro Quintero），1952 年生，是墨西哥知名的毒枭，1985 年在哥斯达黎加遭逮捕，在大牢里蹲了二十八年，2013 年获释。

卷，通常是在加油站或卡车休息站买来的。吉卜赛人老想替他买几卷不同的卡带：那儿有昆比亚[1]、曼波、摇滚乐、波尔卡舞曲[2]、黄色笑话，甚至连塔毛利帕斯州自治大学走鹃队的精华赛事电台转播录音都有。

听着随身听里的音乐，鲁蒂略失明后永无止境的午后时光渐渐舒缓了。八年前失去视力后，他把原因归咎于自己曾在一间囤放杀虫剂的库房工作了好几个月，其实真正的原因是他有次严重感染了结膜炎，治疗他的医师不得不替他清空眼窝，再装上两颗粗糙廉价的玻璃义眼，让他就此与光明永别。

胡斯帝诺自一个窗口探入屋内，见老盲翁正戴着耳机，懒洋洋地躺在一张椅子上闭目养神。房内，十几只母鸡正来回踱步，鲁蒂略怕野猪或浣熊来抢食他的鸡，所以把它们全养在屋内。他的生计全赖这些母鸡，加上一个在德州哈灵根某间7–11当店员的女儿逐月寄给他的五十美元。

---

[1] 昆比亚（Cumbia），一种非洲和巴拿马舞曲，常使用的乐器为鼓、喇叭与萨克斯风，二拍子，多以温和的切分音及美悠吉他琴（巴拿马五弦琴，Majoranera）呈现，风格似雷鬼音乐，起源于哥伦比亚北部沿海地带，是当地音乐融合西洋流行音乐的产物。在巴拿马，这种舞曲分两类：一为"Cumbiaplebeya"，其性质较粗野；一为"Cumbiadesalón"，其舞步与姿态类似波尔卡。

[2] 波尔卡舞曲（Polka）为捷克民间舞蹈音乐，以男女对舞为主。波尔卡源于十九世纪中叶，常用乐器为手风琴、大号和钢琴。

"你好。"胡斯帝诺自窗外大喊。一只母鸡吓得咯咯叫起来,在老盲翁头顶直打转,但老盲翁没有反应。要不是他的手指随音乐节奏轻轻敲打拍子,看起来还真像睡着了。

"你好。"胡斯帝诺又喊了一次,老盲翁仍旧动也不动。胡斯帝诺推开门,进入屋内,轻轻地拍了拍鲁蒂略肩膀。鲁蒂略大吃一惊,整个人跳起来,睁大了玻璃眼珠。

"发生了什么事?"鲁蒂略一边问,一边摘下耳机。

"是我,胡斯帝诺。"

"真是奇迹!怎么了?近来可好?"鲁蒂略说,"你自己拉张椅子,随便找个地方坐吧。"

胡斯帝诺坐到他身旁。傍晚,老盲翁习惯把灯点上,这位老绅士是为了任何可能到访的人,虽然已经几乎没有谁会特地上门。胡斯帝诺也不喜欢三天两头就跑来找鲁蒂略。老盲翁的人造眼珠令他不自在,但他和老盲翁处得不错,与老盲翁闲扯总能把他逗乐。

"死了一只母鸡,"鲁蒂略说,"我想是天气太热害的。"

成堆的羽毛占据了屋内的每个角落,整间屋子散发着腐败的酸臭味。

"房间里开始有苍蝇,我就知道我死了只鸡。"然后他又说,

"烦人的是，现在这些苍蝇都赖着不肯走。"

胡斯帝诺抬头看向天花板，见到上头的确有不少苍蝇，看起来就像天花板上的霉斑。他一度打算建议老盲翁喷 DDT 杀虫剂，但突然想起他很讨厌杀虫剂的气味。

"那你放几张这种粘蝇纸吧。"胡斯帝诺向他建议。

老盲翁微笑。

"不了，我会忘记摆在哪儿，最后粘到的不是苍蝇，都是我。"

胡斯帝诺也笑了。

"不招待你喝咖啡了，我自己也没得喝。"鲁蒂略辩解道，"锅子里倒是有些丝兰花煮蛋，想吃就自个儿来吧。"

"不用了，谢谢，我才刚吃过饭呢。"胡斯帝诺回答。

母鸡纷纷窜入鲁蒂略替它们搭设在床底的鸡窝，将头埋进双翅中、咕咕咕地叫，气氛变得很融洽。

老盲翁看来对命案仍不知情。胡斯帝诺不知该如何向他打听吉卜赛人的消息。

鲁蒂略隐约猜到镇代表的焦虑情绪，他面向胡斯帝诺，油灯火苗在他的玻璃眼珠中映折火光。

胡斯帝诺动摇了。

"他们打算分更多土地给新住民。"他紧张兮兮的，试图掩饰自己头昏眼花的模样。

"你说什么？新住民根本已经比土地还多了。"鲁蒂略说完等着胡斯帝诺响应，但那是白费时间。胡斯帝诺早就闭上嘴，沉默不语。

"究竟什么风把你给吹来啦？"鲁蒂略开门见山地问。

"我有些事想请教您。"胡斯帝诺一面说，一面不断回避老盲翁如同镜子般的双眼。

鲁蒂略将身子向后挪动。

"愿闻其详，只要你别跟我打听别人的八卦就好。"

胡斯帝诺兴起打破砂锅问到底的念头，打算将一切关于吉卜赛人的谜团一次厘清，看看鲁蒂略是否知道吉卜赛人周日清晨做了什么、吉卜赛人和阿德拉又是什么关系、为什么他每次来洛马格兰德总是待上那么长的时间、又是什么原因让他匆匆离开了小镇。胡斯帝诺将心中种种疑虑浓缩成一个问题：

"你知道吉卜赛人穿几号鞋吗？"

鲁蒂略纵声大笑。

"他是我的好友，但不是我男友。"他说完又笑了好一会儿，才慢慢冷静下来。"我不知道，"他补充，"不过，他不想成天到晚大包小包拎来拎去，所以在我这儿留了一只行李箱……里头搞不好会有几双鞋。"

鲁蒂略的瞎眼暧昧地投向房内一隅。

"你去那儿找找吧。"他说。

胡斯帝诺顺着他的指示找到一只皮箱，坐到床上，开始搜查里头的东西。

"你为什么想知道？"鲁蒂略问。

胡斯帝诺没有响应鲁蒂略的问题，他手上提了一双运动鞋。吉卜赛人到底有罪或是清白，如今真相大白了。他的运动鞋有胡斯帝诺两个手掌这么大。

"二十九号半。"胡斯帝诺大声说。

鲁蒂略将头转向他。

"何塞招惹什么麻烦了吗？"鲁蒂略问。他称吉卜赛人为"何塞"，凸显两人的关系有多亲昵。

回答他的问题前，胡斯帝诺先叹了口气。

"一个天大的麻烦喔。"他说着，把运动鞋放回皮箱。

"跟女人有关吗？"老盲翁问。

"没错，是跟女人有关的事。"胡斯帝诺回答他，同时心里想，为什么"老兄弟"会胡扯自己目睹吉卜赛人和阿德拉激烈拉扯。他这么告诉大家有什么好处？会不会，他才是真正的杀人凶手呢？胡斯帝诺不记得自己在命案现场附近看到任何单车车轮的痕迹。为什么拉努尔福信誓旦旦说自己亲临现场，目睹了一切？是为了遮掩什么事？抑或只是单纯的愚蠢谎言？

胡斯帝诺站起来准备离开。他已经确定吉卜赛人无辜，但他不会替吉卜赛人做任何辩护，他才不会为了一个根本不熟的外地人自找麻烦、惹祸上身。

"篓子是他自己捅出来的，与我无关。"他心想。

胡斯帝诺走到门边，为了心里好过些，他向鲁蒂略说：

"如果你见到吉卜赛人，提醒他，这阵子行事得小心一点……有人要取他小命。"

鲁蒂略本想问他是谁想杀吉卜赛人，但房内已经感觉不到胡斯帝诺的存在。

5

鲁蒂略再度重返唯有母鸡相伴、不见天日的岁月。他戴上耳机，但没有按下播放键。他整个人忧心忡忡，没有听音乐的兴致。鲁蒂略很喜欢吉卜赛人。现在，连自己的孩子都不愿理会他，吉卜赛人是唯一愿意照料他的人。鲁蒂略双目失明，对世事诸多不满，暮年绝望，这些事，他全向吉卜赛人倾诉。吉卜赛人也是唯一受得了老盲翁在黑暗中动作笨手笨脚的人。现在，外头一堆人等着要取吉卜赛人的狗命。鲁蒂略知道是什么原因，就是加芙列拉·包蒂斯塔。他不知已警告过吉卜赛人多少次，要他别跟这女人有瓜葛。"你会害自己没法脱身的，"鲁蒂略提醒他，"这女人的丈夫是个脾气火爆的王八羔子。你若是给活活逮到，铁定小命不保。"吉卜赛人吊儿郎当地笑着，他背上的刀疤不正是戴绿帽的丈夫们根本拿他没辙的最佳证明吗？"没错，但加芙列拉丈夫的性子可不是普通暴躁而已，"鲁蒂略强调，"他会趁你没防备的时候将你开肠剖肚。"吉卜赛人在鲁蒂略的肩上拍了拍，感谢他的忠告。"别替我担心，我的好友，正所谓好人不长命，祸害遗千年啊！"

可以确定的是，吉卜赛人和加芙列拉的奸情已经被人逮到了。他俩每见一次面就多冒一次险。起初，他们在公开场合还会刻意避嫌，彼此保持距离。他们会各走各的，等待时机成熟，夜晚降临。但这阵子，他们开始顾不得什么谨不谨慎的问题，吉卜赛人和加芙列拉肆无忌惮地渴望着对方。他们在大街上偷着接吻，每个早上都在镇郊幽会，欲火焚身。甚至周末，佩德罗跑去买醉、人不在洛马格兰德镇上时，鲁蒂略还得小心翼翼，溜出家门，把自己的屋子借给他们当作夜间幽会场所，拖着疲惫的身躯等这对爱侣结束他们的激战和娇喘。鲁蒂略也害怕大家会说他窝藏通奸犯,最后惹得自己一身腥,只好劝告他们换个地方去干他们见不得人的勾当。加芙列拉和吉卜赛人倒没有提出异议,老盲翁为他们掩护秘密,已经做得够多了。

鲁蒂略早已预见,总有一天,佩德罗·萨尔加多会让吉卜赛人拿命来抵偿,如今终于要兑现了。事情演变成现在这样的局面其实无可避免,吉卜赛人这回真的玩过了头,为一个人妻赌上自己的命。被扣上一顶绿帽的佩德罗反而具有正当性,就算他要暗算对方,谁都不会多说一句,因为他有权杀了对方。鲁蒂略知道自己没办法还他好友一个清白,他唯一能为吉卜赛人做的就是事先通知他一声,让他提高警觉。但鲁蒂略眼睛根本看不见,到底怎么办才好?他在自己狭小的屋子里都已寸步难行了,又怎么能给吉卜赛人通风报信呢?他又该上哪儿去寻吉卜赛人?谁值得他信任,又能替他找到吉卜赛人,然后替他警告吉卜赛人?鲁蒂略别无他法,只能祈祷吉卜赛人能再次仰赖他九命怪猫的好运,再度与死神擦肩而过。

胡斯帝诺·特列斯将心中怒火全部吞忍下肚,连同胆汁一起。大家全被"老兄弟"的谎言蒙在鼓里,他的欺骗行为如同野火燎原,一发不可收拾。在其他人眼中,吉卜赛人正是夺走阿德拉性命的凶手,这已是不争的事实,如今,就算任何足以证明吉卜赛人清白的证据也无法替他辩驳了。然而,胡斯帝诺仍想再次查证一个小细节。

他敲了敲门。一个打着赤膊、满身大汗的肮脏男孩替他开了门。

"你爸在家吗?"胡斯帝诺问。

小男孩转过身,几秒钟后"老兄弟"拉努尔福·奇拉特走了出来。

"你好。""老兄弟"向胡斯帝诺打了声招呼。

胡斯帝诺嘴里还残留胆汁的臭味,要是全吐在"老兄弟"脸上那一定相当爽快。

"你好。"他回答。

"请进。"拉努尔福邀他进屋。

"不了,谢谢,我有点赶时间。"

一只蚊子叮咬拉努尔福的前额,被他一掌拍死。

"有什么我可以为你效劳的地方吗?"

胡斯帝诺沉默了一会儿,寻思该如何回应:他不希望"老兄弟"

发现其实自己已经揭穿了他的谎言。

"嘿，拉努尔福，你说你昨晚见到吉卜赛人和死者在一块儿，是这样没错吧？"

拉努尔福紧张地吞咽着口水。

"是啊，不过，我不是已经向您说明事情的经过了？"

胡斯帝诺抬起下巴，好像在说，"啊，没错，我想起来了。"拉努尔福的下巴也跟着抬得老高，仿佛在说，"啊，您想起来了是吧。"

"那位姑娘当时身上穿什么衣服？"胡斯帝诺问。

拉努尔福整个人僵住，不敢轻举妄动。他从没想过会有人问他这个问题，只好随机应变，蒙混着回答。

"我看得不是很清楚，当时很暗。"

胡斯帝诺沉默了几秒。

"你没注意到她的上衣是不是破了？"胡斯帝诺质疑道。

拉努尔福再度陷入苦思，想着自己该如何回答才好。现在可不是吞吞吐吐的时候，也不能有任何与事实相抵触的说词。

"是啊，她和凶手两人拉拉扯扯，衣服都给扯破了。"他说。

"唉，该死。"胡斯帝诺喃喃自语。

"您问这么多是做什么？""老兄弟"质问他。

镇代表摇头晃脑。

"就是问问罢了。"

拉努尔福向屋内一指。

"您当真不想进来坐坐?内人刚好准备了一些鹿肉干呢。"

肉排被煎得滋滋作响,胡斯帝诺嗅闻着弥漫空气中的香味,顿时饥肠辘辘、口水直流。

"不了,多谢你。"他回应拉努尔福,然后补上一句,"不过,可以的话请送我一些,让我带回家。"

"那有什么问题。"拉努尔福说完转身进入屋内。

胡斯帝诺假装绑鞋带,弯下身,量了量拉努尔福的脚印。不对,他不是杀人凶手,他脚上的鞋也才一个手掌又一只手指宽。

"妈的,这浑蛋的脚就像个小屁孩似的,"他心想,"肯定是穿二十四号半吧。"

"老兄弟"带了一个塑料袋回来,里头装了腌肉干。他把袋子交给镇代表。

"谢谢你。"胡斯帝诺一边说,一边估了估重量,"这里头差不多有一公斤喔。"

拉努尔福站在门边等胡斯帝诺开口道别。

"再见。"胡斯帝诺咕哝着。他离去时听到背后传来话音——

"我跟您发誓,我见到的人真的就是他们。"

胡斯帝诺回过头。"老兄弟"没有离开原地一步。

"真的，我见到的就是他们。"拉努尔福又澄清了一次。他的眼神如此自信，害胡斯帝诺顿时不知道真相到底是什么了。

"我相信你。"他下了结论，然后动身离去，试图在心中想象"老兄弟"周日清晨到底看见了什么。

Chapter XII 星期二

1

　　星期二清晨，一如往常，黎明在恼人的闷热中缓缓升起。一大早，小猪在猪圈附近用鼻子四处摩擦讨食，发出怒气冲冲的尖锐叫声，早就把卡斯塔尼奥斯家的老寡妇吵醒。她宝贝儿子的事真是伤透了她的心，害她整整两天忘了喂猪。老寡妇步出屋外，拿了一只袋子，袋里装了累积一周的泔水。她将泔水全倒在篱笆上。一群猪仔开始投入这场厨余争夺战，吵死人不偿命。不一会儿工夫，泔水全被吞下肚，然后又马上把猪鼻子凑回篱笆上。老寡妇已经没有硬面包或马铃薯可以喂食，只好倒了一包马利饼给它们。

　　"都吃光啰。"她一边对小猪仔说，一边抖着手。

　　镇上其他人都习惯放养猪，让它们自行觅食，但老寡妇不喜欢放猪出去跑。家畜们很有可能吃到其他动物的尸体或排泄物，光想到这点就令她作呕。有一次，她堂姐多洛雷斯就吃到感染囊虫的猪肋排，最后肠子里生了一大群寄生虫。

太阳仍未升起，天气便已闷热到不像话。老寡妇开始炖豆子，她坐下来，剥蒜头皮，心里挂念着大儿子赫拉西奥，已经足足有一个月没见到他了。大儿子先前在美国取得绿卡，现在定居堪萨斯州，工作是驾驶拖拉机。赫拉西奥是能劝戒拉蒙的不二人选，他能说服自己弟弟打消刺杀吉卜赛人的疯狂主意，让他看清这场决斗里丧命的人可能是自己。然而，赫拉西奥人在三千公里外，对老寡妇而言，要他阻止小儿子的想法根本难如登天，心有余，力不足。

炖豆子滚了。老寡妇将去了皮的蒜头倒入锅中，沸腾的蒸气令她汗流浃背。她取来一条湿抹布，把脸擦干，然后离开炉灶，走向她和拉蒙房间的隔墙，拉开帘子，看着正在睡觉的儿子。虽然老寡妇对于接下来即将发生的事心怀畏惧，但也不无骄傲。拉蒙已经像个男子汉，对那件事做出了回应。至少，拉蒙不会是心存恐惧的阶下囚，更不必受自己的懦夫行径折磨。这些恼人的事，老寡妇全都了若指掌。她的亡夫格拉西亚诺·卡斯塔尼奥斯一辈子都被自己年轻时的懦弱行为与朦胧的回忆所困扰，心痛到无法向任何人提起往事。仅有的几次，他也只是草草一语带过，说他愿意折寿十年换取机会，回到那个因为自己优柔寡断以致沦为瘪三的幻影瞬间。即便只有他本人清楚事情的原委，但他最后仍抑郁而终。

老寡妇走向炉灶，将炉火关掉。她受不了沸腾的水气在整个房内流窜，光是夏季的闷热就有得受了。她觉得自己孤零零，内心无比忧伤。丈夫已不在人世，六个孩子中，有五个浪迹天涯、各奔东西，而当下，第六个孩子正身陷一场决斗，那可能令他赔上性命；更糟的是，老寡妇最好的朋友拉克尔·里韦拉早已搬到阿瓜斯卡连特斯州去了。

老寡妇想唤醒拉蒙。她想毫不节制地说话，说上好几个钟头，想解开自己千篇一律的生活，把自己湿濡的生命放在阴凉处晾一晾。如今，她想把拉蒙叫来自己身旁，透过他来减缓这些念头。

她靠上窗台，见到接送临时工往返埃尔萨拉多村农场的箱板大货卡正从自己的面前驶过。老寡妇拿了钱包，将汗珠淋漓的脸再次擦拭干净，然后静静地出门去找普鲁登西娅·奈格利特买牛奶。

2

拉蒙醒来时，感觉自己已经被这个充满幻觉的夜晚给蛀蚀了。他一再感觉阿德拉紧贴在自己身旁呼吸。他吓得惊慌失措，数次睁开双眼，在伸手不见五指的黑暗中清楚地辨识出阿德拉的轮廓。她向后梳齐的一头秀发、光亮的前额、清澈的双眸、修长而赤裸的身躯。阿德拉在微笑，在轻声细语里道出一丝温存。他俩相拥在一起，拉蒙触摸阿德拉轻薄的皮肤、温润的乳房、敏感的小腹，他拥抱她沐浴在血泊中弓起的躯干，碰触她不断涌出体液的黏腻伤口。拉蒙吓坏了，一跃跳上床缘，直到确定阿德拉的幻影已经在他的床上消失，他才终于能够合上双眼入睡。

此刻，拉蒙突然间直挺挺坐起身来。他听见远方传来运送临时工的卡车声，声音听起来是驶向埃尔萨拉多村。

"就要七点了。"他不耐烦地低声咕哝。

拉蒙今天起床迟了。通常，他都会五点钟就开店，那个时间天色朦胧还没全亮，有不少临时工会趁上工前购买饮品、炸猪肉干、洋芋片或甜甜圈什么的，然后聊天聊上好一会儿才赶赴开工。直到上午八点，妇女们才会开始涌入店内采购一日所需。

拉蒙坐在弹簧床边。即便接二连三的噩梦令他极度心烦，他仍意识到，有个什么已经将自己和阿德拉紧密结合在一起——这使他对他们没能共同经历的时刻抱持强烈的怀念。他站起身，端详镜中的自己。直到现在，他身上还穿着佩德罗借他的衬衫，得赶快还给人家才好，不然他表哥大概会以为自己打算将它据为己有。此刻，佩德罗很可能正与其他棉花采集工一同前往埃尔萨拉多村。这不打紧，拉蒙可以把衬衫交给表嫂加芙列拉，请她代收。

他觉得整个人疲惫不堪，就像连续砍了三天甘蔗那么累，全身肌肉灼烧，备感难受，双腿也酸疼不已。拉蒙脱下借来的衬衫，换上一件侧边破了个口的蓝色T恤，然后走向厨房，在一杯水里加了三匙盐巴，漱了漱口，把水吐在屋内地面上。一个四处巡回看诊的牙医师建议他每日按时这么做，如此才能消除他口中闻上去像死老鼠般的口臭。拉蒙把头探进母亲的卧房，但没见到人。他决定赶紧归还衬衫，早去早回，好尽快开门做生意。

3

拉蒙敲了三次门，没人应门。第四次，加芙列拉才终于现身，脸颊上还残留床单的印子。

"你好。"拉蒙向她打招呼。

加芙列拉对拉蒙的出现感到诧异，因为，他正扬言要将自己心爱的男人做掉，这么早就找上门来，不知作何解释。

"怎么了？"她不善交际，口气中更透露了自己的戒心。

拉蒙将衬衫递过去。

"佩德罗周日借我的，我专程拿来还他。"

加芙列拉收下衬衫，觉得有些不寻常。某种程度上，拉蒙也算她的敌人。她想搞清楚拉蒙葫芦里卖的究竟是什么药。

"佩德罗不在。"她斩钉截铁说。

"我知道。"

"那你还有什么事？我在忙。"

拉蒙觉得加芙列拉脾气这么糟，肯定事有蹊跷。对人恶言相向、语带刻薄不像她的作风。

"没事，没别的事。"拉蒙回答，心想加芙列拉八成是刚起床，才会这样咄咄逼人。他不打算继续留着招惹她，说了句"替我问候表哥一声"便匆匆道别离开。

"见他的鬼去。"加芙列拉嘴里不断碎念，气急败坏地用力摔上门。她心浮气躁，怒火中烧。拉蒙登门拜访让她忐忑不安。加芙列拉深呼吸一口气想镇定下来，却摆脱不掉有如暴风雨般的混乱情绪。欲念、爱情、性饥渴、快感和罪恶感全都混为一种感觉，那种感觉支配着她，令她畏惧。她畏惧荒谬的现状，畏惧这场基于误解的复仇行动,既笨拙又不祥。她畏惧自己与人暗通款曲的情妇身份,畏惧自己一再扮演良妻贞妇的角色。她畏惧吉卜赛人,畏惧佩德罗,也畏惧拉蒙。她尤其畏惧的是自己。自己最令她烦心。加芙列拉害怕面对问题,她得想法子把自己深爱的男人从死亡阴影下拉出来。不仅是将吉卜赛人从一个年轻小伙子的手中拯救出来,这家伙要下手杀他时肯定双手颤抖个不停,她是要将他从整个贪得无厌、即将铸下荒谬大错的小镇里拯救出来。加芙列拉必须保护吉卜赛人,不让人杀了他,但如果她胆敢公布真相,自己便会落得一个惨痛下场,被同一批人以乱石活活砸死。加芙列拉必须闭嘴,唯有闭嘴才能活命,但闭嘴不过也只能够保住半条小命,她还得承担自己的软弱与庸俗的举棋不定。

加芙列拉拿来一杯水往头上倒。这是她奶奶教她的消暑妙方,每个夏天清晨,加芙列拉都会这么做。清水自她一头乱发丛间流下,头壳和后颈瞬间清凉了许多。她回忆起奶奶坐在一张摇椅上,双腿被一团肿瘤啃烂了。老奶奶无药可医,老是懊悔自己还有好多事没有体验过,但根据她自己的说法,她倒也无从悔恨。

"我就留在这儿了,小乖乖,留在这该死的高温里,慢慢烤熟。"她常常如此对加芙列拉说,"因为我从来没想象过,人有一天真的会死。如果我早点知道,我就会离开这儿。但我已经玩完,我无处可去了。更糟的是找不到该死的倒车挡在哪,我已经没有回头路了。"

老奶奶总是笑不停，嘴里重复说，"倒车挡、该死的倒车挡"。她取笑自己萎缩的双腿、脓包肿瘤、大太阳底下的窒息人生，以及被死亡啃咬的剧痛。死亡。老奶奶临终前在加芙列拉耳边轻声说："我不想死。"翌日下午便被埋葬了。加芙列拉向自己发誓，这辈子绝不要像奶奶那样，以那种风轻云淡的方式活在人间。这是她自己的人生，她要为所欲为。然而事与愿违，如今加芙列拉落得跟奶奶一样的下场，受困沙尘中，寻找可以将时光逆流的倒车挡，但终究白费力气。她又往头上倒了一杯水，然后再续一杯，直到全身湿透为止。接着将窗帘拉上，褪去衣物，钻进床铺，扭开收音机，听了好一会儿热带音乐，直到听见一辆小货车的引擎声，自水坝那一头往镇上驶来。

"是他。"加芙列拉心想，"是他来了。"

她连忙套了件衣服狂奔至门口。加芙列拉打算一见吉卜赛人就跳到路中央把他拦下，然后坐上他的小货车，哀求吉卜赛人带她一起远走高飞。如此，她便救了吉卜赛人一命，也救了自己一命。

有好几秒，加芙列拉看着外头，喉咙干渴，眼睛直愣愣地盯着公路。然后，她才确认来车不是吉卜赛人，而是两辆高速行驶的铅蓝色货车，一路扬起阵阵沙尘，心中顿觉一切幻想全都破灭了。

4

"乳牛都罢工啰。"普鲁登西娅·奈格利特说,"这几天都挤不出奶。"

听到这个消息,阿斯特丽德·蒙赫与阿妮塔·诺沃亚勉强挤出一抹微笑。和奈格利特老太太相处非得提防点才行,她个性反复无常,动不动为一些鸡毛蒜皮的小事闹别扭,闹得天翻地覆,不过今早看起来心情倒是挺好。

"好歹也卖我五公升吧。"阿斯特丽德恳求她。阿斯特丽德的妈妈用牛奶做墨西哥奶酪,然后卖给帕斯多雷斯合作农场的传教士。

"我这儿全都卖完了。剩的那点牛奶全被雀巢公司派来的车给买走了。"普鲁登西娅说。事实的确如此,她在自家五头乳牛身上挤出十二公升奶,一大早便给雀巢公司的采购员取走了。

阿斯特丽德谨慎地向普鲁登西娅指了指旁边的一只桶子,桶缘不断有牛奶渗出。

"那边那桶呢?"阿斯特丽德问。

普鲁登西娅回头看了桶子一眼,开始微笑。

"那桶喝不得,那桶是从一头被感染的牛身上挤出来的凝乳,免费送你我都不肯,更别说卖了。"说着她向前跛行几步,从斗柜抽屉里取出一只玻璃瓶,"我这儿有四分之一公升的奶油,你要嘛?"

阿斯特丽德摇摇头拒绝,但阿妮塔一把就将瓶子抢过去。

"我买,"她说,"多少钱?"

普鲁登西娅用左手手指头比了金额。

"算你三千比索吧。"她说,然后继续对阿斯特丽德说,"你知道,我可以分一些牛奶出来预留给你,只要你先付钱给我就成。"

"好吧,先替我留个十公升吧。"阿斯特丽德说,一边递给普鲁登西娅一张两万比索纸钞。

"我看看我有没有零钱。"普鲁登西娅说完就钻进屋子里找钱。

阿妮塔和阿斯特丽德听见有人说了声"早安",转过头来,看见卡斯塔尼奥斯家的老寡妇也来买牛奶。老寡妇看上去一脸伤透了心的模样。

"普鲁登西娅人呢?"她问。

"她马上回来。"阿妮塔回答。

顿时,三人一起陷入沉默,她们都想避谈那个无法回避的话题。老寡妇不想谈,因为谈那件事只会令自己更心痛;阿斯特丽德则是要避免露口风，在老寡妇面前显露自己对案情其实了如指掌；阿妮塔则是不想被牵扯进这桩与她毫不相干的事件。

普鲁登西娅自屋内走出来，手上拿着同一张两万比索钞票。

"我没零钱。"她说，然后她在老寡妇面前停下来，疑惑地看着她，仿佛看到鬼魅显灵似的。

"邦恰[1]，你有什么事吗？"普鲁登西娅开口询问，她实在不知道该说什么才好。

"你有牛奶吗？"

"没有，都卖光了。"

老寡妇的视线向下飘移，陷入苦思，那神情仿佛没有牛奶便足以令她痛彻心扉。阿斯特丽德好想把真相一五一十向她说个明白，但最后并没那么做。她决定不要再烦扰老寡妇了。

普鲁登西娅从自己站的地方认出两辆巡警车正匆匆忙忙自公路穿越而过。

"巡警来了。"她说。老寡妇转过身，见到两辆小货车在胡斯帝诺·特列斯家正门口停了下来。

1　邦恰（Pancha），西班牙语中称呼弗朗西斯卡（Francisca）的昵称。文中指拉蒙的母亲。

5

胡斯帝诺才刚听见引擎熄火声,就发现卡梅洛·洛萨诺已在窗边窥探他的一举一动。

"怎么啦?长爪的小禽兽。"大队长向他大喊。

胡斯帝诺觉得不痛不痒,整个人仍靠坐在一张椅子上享用早饭。

"我在这儿啊,没啥事呢,带蹄的小畜牲。"他对自己跟卡梅洛千篇一律的问候方式已经厌倦,于是索然无味地回应着。

"不请我一起吃个早饭吗?"卡梅洛问。

胡斯帝诺伸出手臂。

"我有得选吗?"他看都不看卡梅洛一眼。

大队长抬起他修长的腿,大步一跨,从窗口跃入屋内。

"你以为门是做什么用的?"胡斯帝诺向他抗议。

卡梅洛脸上一笑,嘲笑他。

"我当然知道啊,只是这么进屋让我想起那些炙热的夜晚,我偷偷去拜访你妹。"

胡斯帝诺压根儿没什么姐姐或妹妹,因此对警长粗鲁的玩笑话不以为意。卡梅洛拖来一把椅子,在桌前坐了下来。

"你中午打算请我吃什么?"

胡斯帝诺不作声,自顾自地掀开锅子,里头有三条炸鲷鱼。

"配玉米卷饼还挺不错的,朋友,"卡梅洛说,"也给我一张薄饼吧。"

胡斯帝诺轻轻一顶,把整篮薄饼推到他面前。卡梅洛将一块鱼肉弄碎,小心翼翼地将鱼刺给挑出来,再把肉摆到一张薄饼上,挤了柠檬汁,撒了粗盐,只用四口便把它吞个精光。

大队长非常仔细地替自己又弄了三份玉米卷饼,然后要胡斯帝诺送他两条香蕉,一样转眼吞下肚。吃饱后,他问胡斯帝诺知不知道坦皮科城的棒球赛几点开始转播。

"晚上八点。"胡斯帝诺纯粹随口回应。

卡梅洛非常专注地听着,嘴里又复诵了一次"晚上八点",然后便从桌边起身,感谢对方招待早餐。

"不用客气。"胡斯帝诺说。他心里再清楚不过,要不了多久,卡梅洛就会用他身为警长的洞察力好好地"关照"他一番。

大队长用一小张厕纸将嘴角残留的油渍和鱼肉沫擦拭干净,然后卷起衬衫腕袖,头抬得老高,叹了口气。

"你我都明白,我的朋友,"他说,"我们都明白,其实你知道不少隐情,懂我意思吧?"

"我操你妈,你什么狗屁也不懂。"胡斯帝诺不悦地回应。

卡梅洛双手捂着额头。

"我再好好解释一次。"他一边说,一边将双手从额头上移开,在半空中画了一个椭圆,然后说,"看吧,我的好友,我就坦白告诉你,如果因为一个被杀的女孩,最后让我发现,这小镇又多了一具尸体,我第一个就先找你……事情有什么闪失,我会把你关进大牢。"

卡梅洛刻意伴装成威胁的模样,字字句句都是挑衅。胡斯帝诺对他的作风太清楚不过,但他还是决定应和卡梅洛,陪他玩玩。

"你还是把力气花在那些闹事的人身上吧,没事干吗找我麻烦呢?"

卡梅洛勉强挤出一个微笑。

"因为你又胖又老,要逮你还不容易?其他人跑得可快了。再说,你不是自称这里是你在当家吗?"

"所以呢?"

"这责任不由你扛,谁扛?"

"所以说啰,"胡斯帝诺说得头头是道,"放手让我用我自己的方式来处理这些事吧,你就安安稳稳回曼特城,之后看事情怎样,我会再通知你。"

卡梅洛一把抓住胡斯帝诺的手臂，作势在他肝脏的位置来上一记肘击，胡斯帝诺也作势回避对方攻势。

"你可真是一点也没变啊，老友，老样子，还是那样固执。"大队长说完又补了一句，"好吧，我不会再找你碴。"

卡梅洛开门准备离开，一股热浪往他脸上扫过。他用掌心遮眉，抵御灼热的光线。

"他妈的未免也太热了，操，都可以烤鸡了。"

胡斯帝诺走到门口，眼睛向上瞥，天上连一朵云也没有，再往下看，卡梅洛的八个手下正躺在小货车后车厢里等他们老大出来，人都快被烤焦了。胡斯帝诺看着他们，内心有些不舍。

"你的小老弟们都被烤熟了。"他语带讽刺地说。

卡梅洛无动于衷地回答：

"他们没得选……再说，他们早该出来晒晒了。"

他转向部下，用食指打暗号，召来了其中一个。那男人马上像弹簧般跳起来，在卡梅洛面前立定站好。

"悉听尊便，队长。"

卡梅洛从头到脚检视了警员一遍。

"士官加尔塞斯，您喜欢棒球吗？"

"报告长官，是的。"

卡梅洛"啧"了一声，把胡斯帝诺的注意力吸引过来。

"听到了吧？他喜欢棒球。"

胡斯帝诺愤怒地点点头。

"士官，您支持哪支队伍呢？"卡梅洛接着问。

"坦皮科城的阿里哈多雷斯队。"

"他们的选手很厉害吗？"

"报告长官，是的。"

"您如果没办法去现场看球赛，您都怎么办？"

"我会听广播里的球赛转播。"

"啊啊啊，那很好。今天有比赛吗？"

"报告长官，是的。"

"几点呢？"

"傍晚六点。"

"六点吗？不是八点来着？"

"报告长官，不是，是六点。"

"您确定吗？"

"是的，长官。"

"谢谢您，士官，您可以退下了。"

警官离开，跳回货车后车厢。卡梅洛痛骂胡斯帝诺一顿。

"你这骗子，还是你根本是月球来的外星人？"

"还是我根本就不喜欢棒球。"胡斯帝诺指正他。

"那你为什么要胡诌比赛转播是八点？"

胡斯帝诺耸耸肩。

"你还指望我相信你？"大队长用瞧不起人的口气问。

"没错，我还指望。"

卡梅洛一只手臂搭在胡斯帝诺后背，顶住他，逼得胡斯帝诺跟他一起走到车边。

"天气要变凉啰，我们要去猎鸭，您一起来？"

"好。"胡斯帝诺说。他俩从前一起猎过鸭，弹药和短管猎枪全由巡警买单。

卡梅洛打开车门，摇下车窗，舒舒服服地坐上他的副驾座位。

"后会有期了，老友，"他说，"你别搞到最后腥风血雨。"

士官加尔塞斯跳下后车厢，从另一边的车门上车，其余的警员纷纷各自找位置上车。

"等你想清楚再通知我是谁下手杀了那个姑娘。顺便盯紧拉蒙，万一他失去理智，打算自己动手复仇，那就不妙了。"

卡梅洛带着一批手下离开了。胡斯帝诺心里清楚得很：卡梅洛·洛萨诺就算人不在这儿，就算离得再远，复仇的血腥味还是会传到他的鼻头。

Chapter XIII 点 25 口径德林杰双管手枪

1

礼拜天晚上他买了一批货，一共二十支录音笔。价码先前就跟走私贩子洛伦佐·马克斯谈妥了，以每支七万五比索的价格向他收购，再以每支二十万比索的价钱转售出去，星期一下午就卖出十八支，一群拖拉机操作员买下的。他们礼拜一上午才刚完成委托契约，一共耕作了超过九十公顷的高粱田。吉卜赛人运气可好了，在铁路与公路交叉口遇见他们一群人，才刚黄汤下肚，半梦半醒，正好又荷包满满。操作员们在紧邻的旅店内等着运送大型农耕机具的火车头修好。对吉卜赛人来说，这件买卖相对轻松许多，只要他们其中任何一人为了在同伴面前逞威风先买了一支，其他人便会立刻跟进，也替自己买。

这个夜晚，吉卜赛人和这几位工人一起睡在大货车上。火车头重新启程上路,发出猛烈的拉扯声,他被吵醒后便下了车,看着火车朝南方阿瓦索洛自治区驶去。天色熹微。旅店一大清早便开始营业,吉卜赛人走了过去,点一杯拿铁,再要一份墨西哥牛肉炒蛋。光是昨天一早,他就赚了超过两百万比索,足够让自己悠哉悠哉过到这个月底了。他决定先不工作,至少休息一周。

服务生替吉卜赛人送上早餐。她是会给人带来好心情的女孩,身材窈窕,五官细致,臀部圆翘。要不是吉卜赛人正忙着盘算后续这几天该做什么,应该早就勾搭对方了,但这次,他的注意力完全没放在这女孩身上。

手头的资金如此宽裕,吉卜赛人的计划有变。他本想跑遍卡萨斯自治区的每一个村子,甚至去拜访门诺教会[1]。那儿有好几个跟得上时代的教友喜欢向他添购一些电子小玩意儿,不时也会向他买些假珠宝。现在他计划到曼特城稍作停留,在公路边的村子做点生意,两三周后再从那儿返回洛马格兰德。现在他空闲过头,不知该做什么、该上哪儿才好。

他点了贝壳面包,想泡进咖啡里。女服务生跟他说没有,他只

---

1 门诺派(Mennonite)是当代基督教中的一个福音主义派别,因其创立者荷兰人门诺·西门斯(Menno Simons,1496—1561 年)而得名。此派原为再洗礼派的一支,1536 年激进的再洗礼派建立闵斯特公社失败后,主张和平主义的信徒团结在门诺周围,于 1536 年建立门诺教会,16 世纪 70 年代该教会在荷兰取得合法地位。

好妥协，嗑了一块奇迹牌奶油鸡蛋糕后才感觉满足。他觉得奶油鸡蛋糕的滋味棒透了，但泡进咖啡很容易碎裂，最后还得用汤匙一匙一匙挖起来吃。

他把空咖啡杯搁在一边，手肘撑着桌面，考虑接下来该走哪条路。他可以走那条通往索托拉马里纳自治区的公路，抵达马德雷潭，钓上几天鱼，或是去卡德雷塔自治区看牛仔比赛或斗牛表演，否则干脆到坦皮科自治区拜访亲朋好友，或是到年轻时常造访的妓院拜访那群妓女。他斟酌每个选项，最后决定前往阿兹特克镇。

阿兹特克镇是拉斯阿尼玛斯水坝这一区最繁盛的小镇，人口约莫四百人，也是这一带唯一供应电力，兼有水泥房屋、电话亭、三条柏油路以及加油站的地方。吉卜赛人基于两个根本的理由决定来这：第一，这里偶尔能做上一些棉花买卖，虽不是三天两头都有这种机会，但确实很有赚头，他可以把手上的钱全部投资进去；再则，更关键的一点，此地距洛马格兰德才二十公里不到。

他要了账单，付过早餐钱，又向一个小伙子买了一份圣费尔南多发行的小报，头版上报道了新拉雷多有一群荒淫无度的基佬遭到逮捕，另外也提及当地一名公务人员多么挥霍浪费。吉卜赛人翻了四个版就将报纸揉成一团，扔在地上。

"没什么新鲜事。"他想。

少年把小报捡了起来，把纸摊平，然后跟其余的报纸摆在一块儿，打算重新再卖一次。

2

不过上午十点钟，大伙儿就在拉蒙的小店里就位。托尔夸托·加杜尼奥、帕斯夸尔·奥尔特加和马塞多尼奥·马塞多坐在漆了百事可乐商标的金属椅上喝啤酒，贪婪地想多知道一点事态的发展，所有细节他们都仔细打听，想了解拉蒙打算如何消灭他的敌人。一如往常，聊完那些无关紧要的琐事后，帕斯夸尔决定向拉蒙提问：

"你想过要怎么下手杀他了没？"

"没。"拉蒙回答。

托尔夸托从座椅上起身，走到拉蒙身边。

"那你得快想想啊，"他说，"吉卜赛人可不是你想杀就杀得了的。"

如果吉卜赛人打算回来，距他返回洛马格兰德仍有几周时间。以往，他通常是每月第一个星期五会在镇上现身。还有非常充裕的时间可以计划如何对他下手，马塞多尼奥如此提醒大家。

"要是他现在就现身呢？"托尔夸托问，"我们就这样大刺刺地让他知道我们的计划，然后放他活生生离开，还开心地摇尾巴？不，先生，是时候了，该替这档子事儿做个决定。等这狗娘养的杂种回到镇上时，拉蒙必须是准备就绪的。"

动手杀他的理由已经有了，为执行这桩刺杀行动，他们四人一起策划了无数个方案，再将不可行的方案逐一排除。在荒郊野外集体暗算吉卜赛人挺困难，因为他的警觉性很强，况且，用这个方式下手还得要有一把猎枪，而全洛马格兰德只有两个人有猎枪。奥马尔·卡里略有一把燧发火枪，有时可以顺利射击，有时不行，这么紧要的事，用上那把枪也是冒险。另一位有猎枪的人是"老兄弟"拉努尔福·奇拉特，但他从来没有把他的后装式16口径步枪借给任何人。拿开山大刀动手杀吉卜赛人也不是好办法。他的后背已经被人砍过数刀，只要在他身边三米以内的范围，他不会傻傻就范，让人再一次从背后袭击。

逐一剔除好几个选项后，他们四人断定，最可行的方式就是让拉蒙用手枪直接了断吉卜赛人，因为手枪体积小，操作容易。然而，现在仍有一个尚待解决的问题。军方近来突然以极高效率在此地执行了一波扫荡枪支的行动。眼下，只有少数人成功将自己的枪藏妥，没被没收，落入充公的下场。这些人里，唯一值得信任的是拉蒙最好的朋友，胡安·普列托。现在，只差确认他是不是仍有弹药，更重要的是，还得确认他是否愿意出借。

3

胡安·普列托和拉蒙同年，但外表看上去稍微年长些。十五岁便偷渡到美国打零工，他运气不错，到了俄勒冈州的波特兰——移民局几乎不去逮捕非法分子的城市。他在一间中国餐馆挣得一份洗碗工的工作。四个月后转行，在一间保安公司改当厕所清洁工，然后再转去一间招牌上大刺刺写着"苏珊酒吧"的妓院洗碗盘。老板是个身材壮硕的女人，每星期换一次发色。胡安·普列托只在那儿待了三个月，因为那个胖婆娘老板苏珊·布莱克韦尔为了不支付自己积欠的薪水，竟向移民局检举胡安。

被逮捕的那刻就像梦魇般，长年在胡安的脑海里挥之不去。三个平民装扮的男人与另一个不知道穿了什么单位制服的男人，一共四人一起进入酒吧，一见他就扑上去。胡安马上意识到出事了，赶忙在桌椅间跳跃、逃窜，企图挣脱。店里一位老主顾一脚绊倒他，他正面朝下重摔在地。倒卧时，制服男人一阵乱棒连续抡打他好几下。胡安想用手臂保护头部，但仍被打得头破血流。他断了一根肋骨，手肘的骨头也岔了出来。

胡安被他们上了手铐，双脚也被绑起来，嘴巴被堵住，然后塞进一辆车后厢。他就这样困在车内好几个小时，一路被运载到一个他无法辨认的村子，然后被扔下车，移交给另外一群身穿制服的男人，接着再被送上一辆厢型车，脚上的绳索和塞住嘴巴的布条都被取下了，但手铐还铐着，就这样一路被送进旧金山一栋大楼。

胡安被带到一间四面都是玻璃的房内，一名翻译告诉他，他因非法居留、拒捕、公然辱骂警察以及盗窃等罪名而被捕。继而被告知，如若愿意在几份文件上签字，并保证一辈子不再回到美国，检察官将替他免除刑责。胡安签了名。他们要替他在数据库里建文件，先采了他的指纹，留下他的个人资料，最后又替他拍了三帧相片。五天后，他又被另外一辆厢型车遣送到蒂华纳。

在蒂华纳，其他偷渡客告诉胡安，他会被闪电驱逐出境是下三滥雇主告的密，典型案例中，雇主最常谎报遭窃，借此检举偷渡客。

胡安知道自己被人设计了，内心愤懑难平，他想找个法子回到波特兰，找老肥婆算账，顺便将先前寄放在旅社的个人物品取回。

于是，他躲进一个货柜的货品堆，再次入境美国。在圣地亚哥，他遇上一个喝得完全不省人事的葡萄牙水手，人就倒在人行道上，胡安从他口袋里摸走一只手表，赚了些钱，靠这笔钱买了灰狗巴士车票，一路坐到萨克拉门托，从那儿又花了两个月时间，最后重返波特兰。

胡安在波特兰把属于自己的东西全拿了回来，甚至拿回先前攒存下来、藏在长裤暗袋缝线里的八十美元。旅店负责人很客气地把胡安的物品全数归还。他是一个黑人老酒鬼，一生最光荣的回忆是自己曾在比·比·金[1]组的第一个乐团里担任贝斯手。

抵达波特兰的下午，胡安事先暗中摸透苏珊酒吧的出入口。这女人通常早上四点关店，结账后从酒吧离开。这日清晨，她的工作时刻一如往常。当她离开酒吧、正要上车时，胡安追了上去，手上的铲子用力一挥，狠狠打在她头上，接着又是一阵没完没了的连击。

老肥婆昏死在人行道上，一头绿色乱发全都浸入血泊之中。胡安心想她肯定没命，于是拿了她的包，惊恐地在街上狂奔起来。

---

[1] 比·比·金（B.B.King），美国蓝调吉他手与音乐创作者，是伟大的蓝调音乐家，被誉为"蓝调之王"。

胡安提心吊胆地返回墨西哥,对自己犯下的暴行深感懊悔。他在客运中途停靠站花了五十美元,买了一把迷你手枪——点25口径德林杰双管手枪,又用胶带将枪粘在帽子衬垫里,他已做好准备,打算用它与第一个前来逮捕他的警察拼命。但他不需要这么做,他的回国路线一变再变,最后,他拿了一条拖拉机的轮子内胎,将内胎灌满气,抱着它渡河,安然无恙地抵达伊格尔帕斯与彼德拉斯内格拉斯自治区的边界。

自出发那日算起,胡安过了整整一年才回到洛马格兰德。他没有在镇上定居,因为他一辈子都在畏惧,不知哪天自己会被美国的巡逻队抓走。他在邻近拉斯阿尼玛斯水坝边缘搭了一间简陋的棚屋,在那儿替卢西奥和佩德罗·埃斯特拉达看管小艇及渔具。

4

他把小货车停在加油机旁,将油箱盖的钥匙递给加油工。

"诺瓦汽油,加四万块钱。"

一下车，他就走向加油站旁的小杂货店买了一瓶瓶装莫德罗啤酒，靠在冰柜上喝起来。他累极了，正午的大太阳底下，公路都被拖车侵占，好不容易终于抵达阿兹特克镇。他饮了一口啤酒，泡沫在喉咙间冒泡的感觉让他挺开心的。加油站员工向他打手势，告诉他油加好了。吉卜赛人将剩下的啤酒一饮而尽，付账，然后回到小货车上。

他真想好好冲个澡，睡个午觉。他知道，镇上有一间信天翁旅店，他以往常常投宿，只需付三万五比索就能拥有一间附大床铺、独立卫浴、立扇与整套早晚餐的房间。旅店女主人拉恰塔·费尔南德斯是个说话客气、性格开朗的女人，和她女儿玛加丽塔——正值青春年华，总是笑容可掬、元气充沛的女孩——共同打理这间旅店。每次，吉卜赛人来到信天翁旅店住宿总是十分开心，不仅因为这儿提供的服务周到，更因为这两位女士都很健谈，总是将手上许多可靠情报提供给在此地过夜的旅客。他想，透过她们俩，一定能知道洛马格兰德是不是有什么反常的事儿，也好顺便搞清楚那个星期天清晨，自己和加芙列拉被谁用灯照得一清二楚，此事说不定还会有后续发展。

旅店是一栋单一楼层的房屋，中央有一个公共客厅，被四间卧房围绕。饭厅和厨房分别在另一栋建筑物里。这设计是拉恰塔·费尔南德斯和她的老合伙人西尔维娅·埃斯皮诺萨一起设计的。西尔维娅和一个四处出差的西班牙商人结了婚,之后便退出这一事业。多亏他与拉恰塔的友谊,吉卜赛人可以依自己喜好自由选择入住哪间房。这次,他选择中间的客房,因为它坐南朝北,是所有房间里最凉爽的。

虽然这个午后闷热到令人想抓狂,吉卜赛人还是洗了滚烫的热水澡。

"以热攻热。"他想。

他从浴室走出来,腰际缠了一条毛巾,打开窗,拉上纱窗。窗帘底下有只蟑螂溜出来,往写字桌下逃窜。吉卜赛人没有让它得逞,光着脚板向它踩去,让它死前发出嘎吱嘎吱的脆裂声响。他坐在床沿,将脚掌清理干净,摘下毛巾,摆到枕头上,免得湿淋淋的头发把枕头弄湿,然后才躺平进入梦乡。

他醒来瞄了一眼手表,七点十五分。旅店七点半开始准时供应晚餐,他赶紧套上衣服。玛加丽塔已事先预告今晚会有什么好菜,鲜虾炖汤、墨西哥炖饭、茄汁牛舌,他一点也不想错过。

走入饭厅,大部分房客已经上桌就位。他认得其他几个人:水利工程师卡洛斯·古铁雷斯,负责监督此区灌溉系统;公共建设工程师费利佩·菲耶罗，指导埃尔阿布拉至阿兹特克镇公路路段重铺柏油的工程；哈维尔·贝尔蒙特，一位为了干棉花生意退休下来的牙医师。其他房客是一对老夫妇，一个又矮又肥、黑眼圈很重的女人，他倒是首次在这儿见到他们。

晚餐后，只剩玛加丽塔、拉恰塔、费利佩·菲耶罗与吉卜赛人继续留在餐桌上闲话家常。吉卜赛人心里急得不得了，立刻问拉恰塔有什么新鲜事。拉恰塔手肘倚在桌巾上，娓娓道出几条最重大的消息，在厨房洗碗碟的女儿偶尔会来纠正她。新莫雷洛斯自治区查获一个新的大麻园；石油工会的农耕地全卖给了一名国会议员；普兰德阿亚拉有个合作农场主靠促销百事可乐的金属瓶盖赚了一千万比索；冈萨雷斯自治区有几个观光客遇袭；政府响应了尼诺斯爱洛艾斯合作农场里一个农夫的信；埃尔兰丘德拉帕洛玛那儿的牛全被螺旋蛆寄生。眼见她口中没有任何一件事是自己关心的，吉卜赛人便开口问道：

"洛马格兰德呢？知道那儿有没有出什么事吗？"

拉恰塔花了几秒在心中整理思绪，她抿着嘴、摇头表示不清楚。

"什么事也想不起来。"

玛加丽塔走出厨房，手上擦着盘子，靠在门轴上。

"在洛马格兰德，"她断断续续、有一句没一句地说，"我想是星期日那天吧，有个女孩被谋杀了。"

吉卜赛人觉得自己的肺像被人凿开一个大洞。他用尽全力控制自己紧张的情绪,不慌不忙地问:

"你怎么知道?"

"早上,我去市场买虾,杜尔辛诺·索萨告诉我的。"

"你有听说死者叫什么名字吗?"吉卜赛人问,心中不断祈祷她口中吐出的名字不是自己想的那一个。

"嗯,但我忘了。"

吉卜赛人咽了咽口水。

"是不是叫加芙列拉?"

少女陷入沉思,几秒后才给出一个肯定的答案。

"完全没错,"她说,"我就是听到这名字。"

眼见吉卜赛人吓得脸色发白,拉恰塔问——

"你认识她?"

吉卜赛人微微颔首。

"见过几次……她丈夫会跟我买些便宜货,是顾客的太太。"他回答,颈上一滴汗珠向后背流淌下去。

5

胡安·普列托听见路口转角传来说话声，整个人立刻警戒起来。码头一带有陌生人出没让他很紧张，他没办法不去想象那是美国佬警察来逮他。他先认出拉蒙的声音，接着是托尔夸托，然后才安心从掩蔽的树丛后走出来。

"近来可好？"胡安向他们打招呼。

拉蒙和其余的人分别含糊说了几句话回应。一只骨顶鸡[1]被他们吓着，从荆棘丛里往水坝的岸畔飞去，在静止的水面上留下一条箭型的尾波，然后在前方数米远的地方停了下来。被弃置在小艇旁的鱼鳞反射着耀眼的阳光。

胡安指着一面长渔网。

"帮我个忙，好吗？"他问，"我得将它摊开来。"

他们一行人将渔网拴在几根柱子上。渔网有近百米长，上头露出无数个破洞与裂缝。胡安得花整个上午才能用麻绳将这些洞都补好。

绑好渔网后，他们走向几颗大石块。其中一颗石块上有个四脚

---

[1] 骨顶鸡，中文学名白骨顶鸡，属鹤形目秧鸡科鸟类，广泛分布于欧亚大陆、非洲及大洋洲。

朝天的龟壳，尸肉残存的部分在龟壳里腐烂发臭。马塞多尼奥·马塞多想将它一脚踹开，挪一个位置坐，却被胡安制止："别扔了它，我把它放在这里晒，之后要把壳留下。"

马塞多尼奥抗议道："可是真他妈臭得要命哪。"

托尔夸托将龟壳捡起来，检查一遍。

"没有用了，"他说，"都裂了。"

"既然如此，好吧，就扔了吧。"胡安请他代劳。

"下一次，你放些盐巴或一点灰烬，"帕斯夸尔建议，"这样才不会发臭或生蛆。"

"或者你可以把肉刮下来。"托尔夸托补充道。

他们五人坐在石头上。胡安告诉大家，自己上个月捕获的非鲫[1]数量庞大。马塞多尼奥问他现在有没有几条可以烤给大伙儿吃。

"没有，"胡安回答，"不过我现在就来撒网，捕个几条。"

他站起身，脱下 T 恤，要拉蒙陪他一块儿去。

"你们去，我们来生个火吧。"托尔夸托说。

1　非鲫（tilapia）又名罗非鱼、越南鱼、南洋鲫等。原产非洲东南部，后广泛引入非洲大陆的内陆水域和沿海咸淡水水域，以及亚洲、大洋洲和南北美洲，是世界水产业的重点科研培养养殖鱼类，被誉为未来动物性蛋白质的主要来源。

胡安和拉蒙走到水坝边。两人脱了鞋,卷起裤管,免得弄湿。胡安拿了渔网,拉蒙拎着一只金属小桶子,两人一起下水,所过之处,数十只青蛙纷纷跳开,在泥巴中拍打着泥水。

胡安将渔网抛出,待铅块没入水底才将网子拉回。里头什么也没有。

"运气真背。"他说,然后再撒一次网。一只鹈鹕自高空一头栽入几米外的水中。

"非鲫都在那儿,我们过去那边。"胡安提议。他们一路涉到一个水深及膝的水域。

"这边一定抓得到。"

他们默不作声。胡安又撒了一次网,仍然一无所获。

"还得到更深一点的地方才行。"拉蒙建议。他们继续向前走了二十步,直到水线抵达腰部为止。胡安再次将渔网撒出,拖回来时觉得重量很沉。

"这回总算有了。"他一边说,一边将网子拉上水面,三条非鲫猛力拍打着鱼尾。

"我听说了你女友的事,"胡安嘴里咕哝着,手中同时抓着一条鲫鱼的鳃,将它从网子中取出来,"真是惨不忍睹啊。"

拿虚构的爱情故事继续诓骗自己的朋友令拉蒙感到羞耻。他该向胡安从实招来,告诉他,自己和阿德拉的情侣关系根本是从她被谋杀当天才开始的。但拉蒙没这么做,一个女人将自己对他的爱,全用暗号记在晦涩难解的情书里,他已经没办法背叛对方。他更没办法背叛自己的爱意,对自己双臂间那具温热赤裸的肉体之爱,对一张黑白大头照中的少女之爱,以及自己心中不断延展的虚无之爱。将事情真相告诉胡安,或许意味着自己能从这个压得人喘不过气的诺言中解脱,不必动手取人性命,这是他最后一道逃生口。如今,他决定将它彻底关上。

"是啊,真他妈的惨。"他重新又强调了一次。

胡安将渔网松绑,取出一尾非鲫,掷入拉蒙手中的桶里。

"佩德罗跟我说,你打算自己报这个仇。"

"所以,我需要你把枪借给我。"

胡安替另外一尾鱼松绑,放入桶里。如果今天是别人,他绝对不会把自己的武器外借出去,更别说,前提是已经确定对方要用它来取别人的性命。然而,拉蒙是他从小到大的好友,胡安实在无法拒绝。

"当然啰,老兄,等我们捕完鱼,我拿给你。"他头也不回地对拉蒙说。

他俩又陆续捕了六条非鲫。上了岸，离开水坝，他们看托尔夸托正蹲在地上，试图用潮湿的木柴生火。马塞多尼奥在一旁用力吹气，想帮忙把火生起来。胡安把鱼肉递给帕斯夸尔，让他清理干净，同时和拉蒙回小屋去取枪。

他们进了卧房，胡安走向一个角落。角落有一口大布袋，里头装了玉米粒。他在袋子里挖，手指一边拨弄种籽，直到手够到那把德林杰手枪为止。他朝枪柄上吹了口气，把上头的灰尘和谷皮吹掉，然后走到房间中央，从一根横梁上取下四颗藏起来的子弹。

"我就只有这些。"他说着，一边把手枪拆解开来，在药膛内填入两发子弹，再重新将手枪组装起来，然后交给拉蒙。

"准备好了。"他说，向拉蒙指了指扳机的位置，"这把枪没有保险，你扣下扳机就会直接击发。"

拉蒙觉得，握在掌心的手枪活像一把玩具似的，那几颗金色弹壳的小子弹也是。

"用这废物真的杀得了人吗？"他半信半疑地问。

"如果你射得准，可以……如果射不准……那没办法……。"

拉蒙扣了枪机，瞄准一个想象的准心。

"当心了。"胡安在一旁解说，"别弄到枪走火。"

拉蒙卸下子弹，把手枪再次紧紧握入手掌，然后缓缓把枪指向胡安，将准心对准他胸口，扣下板机。

"没那么简单。"胡安说,同时听到"喀啦"一声。

"什么?"

"要彻底干掉一个人,没那么简单。"

拉蒙耸耸肩。

"最糟糕的是,"胡安接着说,"这人死了,此后便会一辈子纠缠你,在你的脑子里,怎么也赶不走。"他叹了口气,自己用铲子把那个美国胖婊子打到浑身血沫的回忆至今仍萦绕不散。

拉蒙什么话也不说,把维持射击姿势的枪放下。

"你知道自己在趟什么浑水吗?"胡安问他。

"不知道。"拉蒙淡淡地回答,把点 25 口径德林杰手枪和子弹全都收进右边裤袋。

6

他醒过来,在自己黏腻的汗水里载浮载沉,反复做恶梦让他喘不过气。加芙列拉被大卸八块的模样、加芙列拉被蛆虫啃食的模样、加芙列拉身首异处的模样、加芙列拉死去的模样，和加芙列拉一去不复返的模样。

他用脚抖开床单，点上床边的油灯。昏黄微弱的光线令他双眼不适，他揉着眼睛站起来，透过窗子看见户外一片无月的黑夜。他也听到蝙蝠正在纱窗的另一头猎捕昆虫，不时发出尖锐的嘶叫。

他想抽根烟，于是拿起手提包，摆上床铺打开来找。明知自己什么也不会找到，他还是在手提包里翻个不停，自己已经有足足十个月没抽烟了。

吉卜赛人将手提包合上，穿了长裤和T恤，拉开纱窗，往花园跳了出去。遍地青草把他的光脚板刺得瘙痒难耐。在昏暗朦胧的夜色里，他辨认出一条环绕于卧房四周的石板步道，一路通往大街方向。他沿步道走，一直走到附近一面篱笆前才停下脚步。一只蟾蜍跳到他身旁，他用脚跟将它推开，蟾蜍开始在一排花盆之间继续它的旅程。

正门旁有扇小门，他解开门闩，动作小心翼翼，尽量不发出声响。走出旅店后，便朝镇上灯火通明的街区走去，他期待会遇上谁请自己抽根烟，但街上连半个人影也没有。他走向广场，广场一样杳无人烟，连鬼影都不愿出没。他坐上一张长凳，望着围绕路灯飞舞打旋的飞蛾。镇长曾向他说，很快，全镇家家户户都会有电力供应。吉卜赛人才不信他的话：他死都不相信政客说的话，女人的话也绝不可信。当加芙列拉脱口而出说自己爱他、愿意为他放弃一切时，他也不信。一直以来，他都不信加芙列拉，直到现在。

他开始在广场上徘徊。发电机发出的嗡鸣声破坏了夜晚的寂静，令他心浮气躁。他需要这份寂静，需要好好思考，还要回忆关于加芙列拉的点点滴滴。他回想起一个八月的早晨，他们将小货车停在泥泞不堪的杂草丛边，两人在后车厢做爱。他回想起绿油油的农作物上划过的一条灰色地平线，回想起滴落在车篷上的毛毛细雨。他回想起加芙列拉的眼神、眼窝深陷的双眸、光泽明亮的肌肤、缠绕在自己腰际的双腿，还有她浑身湿津津的模样。他回想起最后那一个两人共度的夜晚，两人被一盏手电筒追捕，在荆棘丛间死命狂奔，毫无隐私，全都摊在那束光线之后让人给看光了。他回想起自己藏不住的秘密和最后一段恋曲。他想象加芙列拉死去的景象，突然有一股冲动，想放一把火将整个洛马格兰德镇烧掉，再引火自焚。

回到旅店时，一窝白色的幼鹭正在展开晨间飞行，朝田地飞了过去。天色渐亮。他从窗户爬回房间，全身脱得一丝不挂，现在这个时间更让他觉得溽热难耐。他躺在床上，眼神紧盯着一旁立在地上不停旋转的电扇扇叶。

接下来整整一天，吉卜赛人都没踏出房门半步。他懒洋洋地洗了澡，穿上衣服，感到莫名倦怠，觉得自己动弹不得。到了饭厅，只见两名不熟识的老人，吉卜赛人向他们打了招呼。饭厅内共九把椅子，他不知道自己该坐哪儿，只好杵在原地。拉恰塔从厨房里走出来，手上端着一只滚烫冒烟的锅慢慢摆到桌面上。

"你好……"

"你好……"

"睡过头了吗？"

"稍微有点。"

"吃点豆子？"

"好啊。"吉卜赛人回答。他没什么食欲，但也尽量让自己舒舒服服坐下来。

拉恰塔替他盛了一些豆子，她从未见过吉卜赛人情绪如此低落的模样。

两个老人用完早餐便离席了，吉卜赛人不疾不徐地吃着盘里的豆子。

"别再那么痛苦了。"拉恰塔笑眯眯对他说。

吉卜赛人回头望向她，被她那轻藐调笑的态度弄得不知所措。

"痛苦什么？"他不客气地问。

拉恰塔再度微笑，用面包碎屑捏了一粒丸子，然后抛给一只在厨房门边玩弄蟋蟀尸骸的白色猫咪。

"被谋杀的不是你想的那个女人,"她说着,一面观察小猫咪将面包团一口吞下肚,接着又补充,"玛加丽塔搞错名字了。"

拉恰塔这席话令吉卜赛人摸不着头绪。他不知道拉恰塔此话是否属实。

"在洛马格兰德被人刺死的女孩叫阿德拉,不叫加芙列拉。"

"你怎么知道?"

"传教士跟我说的,他们说遇害的那个女孩是那些'新住民'中的一个,洛马格兰德的人星期日晚上替她下葬。"

"他们还说什么?"

"没了,之后那些传教士就没再回洛马格兰德,所以也不清楚后来发生了什么事。"

吉卜赛人打了个哆嗦,顿时感觉解脱,拉恰塔将座椅挪向前,把脸凑近到他面前几厘米处。

"好好听我接下来跟你说的话,"她对吉卜赛人说,"你先放过那个加芙列拉,别去想人家了,如果你不想她真的被人杀了的话。"

"你这是在说什么?"

拉恰塔将身子向后靠。

"我的意思是,你就是那么蠢。你这是打哪儿来的鬼想法,居然以为那个死者叫加芙列拉？"

吉卜赛人笑了起来。

"打老远就能感受到那个加芙列拉把你迷得神魂颠倒。只是，你可别忘记了，她是已婚的人妻，你要不是随手玩玩丢掉，干脆就把她直接抢过来……。"

吉卜赛人用餐完毕，从餐桌边起身。

"谢谢你。"他说。

"谢我什么？"拉恰塔问。

"谢谢你的豆子，真的很美味……。"

吉卜赛人躺在床上陷入沉思。他会误以为死者是加芙列拉，还因此这么忧心、悲怆，那只意味着一件事：自己非常爱她，而且早该把她抢过来了。事情弄到这步田地，早已没有回头路。隔天，他就要回洛马格兰德去找她。吉卜赛人闭上双眼。前一晚没能睡好的那几个小时，他想一次全都补回来。

Chapter XIV 杀他的最佳手段

1

他向后退开五步，扣下枪机，手臂朝一株仙人掌叶伸出去，左眼紧闭，右眼透过准星瞄准目标，屏住呼吸，控制脉搏，但手上的德林杰手枪仍左摇右晃，就是稳不住。他握紧枪柄，瞄准仙人掌后便开火击发，之后才将两眼都睁开，检查仙人掌叶片，看看自己有没有打中。托尔夸托摇摇头，给了否定的答案。

"你失手了。"他双臂在胸前交叉，向大家宣告。

胡安·普列托走近仙人掌，检查上面是否有任何弹孔。什么也没有，子弹根本连边都没擦到。拉蒙把手松开，放下手枪。

"你打得很高。"帕斯夸尔一口咬定，"后头小土丘那一带尘土飞扬，可真厉害。"

要一次击发就命中目标并不如拉蒙预期的那么容易。德林杰手枪太小也太轻，拉蒙根本没办法好好将它稳在手里，更无法减缓双管手枪射击产生的后坐力。

"你得把枪尽可能贴近他的头才行，"马塞多尼奥说，"你这种枪法，就连狗屁也打不中。"

托尔夸托也不甘示弱做出回应——

"对嘛，不然呢，难道吉卜赛人会乖乖站在那边让拉蒙开枪射他吗？不，先生，拉蒙现在该做的事就是学会远距离射击。"他说着，请拉蒙把枪交给他，然后把枪拆开，退出空弹壳，往药膛里吹了吹，将残留的火药焦灰清干净，在枪托上抹了口水后又重新组装它。"看清楚了，"他对拉蒙说，"射得准的秘诀在于手肘不能撑太紧。"

托尔夸托停下脚步，双脚展开，瞄准了一个与视线平行的点。他抬起手臂，向内缩成直角，深呼吸，瞄准目标，缓缓扣下扳机。射击发出了巨大的声响，回音从水坝外墙那一头传了回来。托尔夸托仰起头，想看清子弹的弹道。

"连个鸟蛋都没射到，"胡安对他说，"你打得比拉蒙还高呢。"

托尔夸托下巴抬得老高，放话呛他。

"饶舌家伙，你瞎了啊。"他走向仙人掌叶，检查了好几回，想寻找子弹痕迹，一直找到最后才愿承认自己失误，但仍一口咬定，"我看，这把该死的小枪准心根本就是歪的吧。"

不管准心歪不歪，拉蒙都认为，要用德林杰手枪杀吉卜赛人比登天还难。他必须朝吉卜赛人近距离开火才行,太阳穴或眉心都是优先考虑的部位。"就像在打野猪,跟它们獠牙外露、朝你冲过来要撞死你的时候一样。"马塞多尼奥向他说。

拉蒙不知道自己情绪的临界点在哪,不知道一旦时机到了,自己是不是能压抑紧张的情绪,接近吉卜赛人,近距离射杀他。

下午三点,洛马格兰德大部分的镇民都已经知道,拉蒙·卡斯塔尼奥斯打算拿胡安·普列托借他的枪来下手杀仇家了。"就是他以前在德州杀了一个警察时用的那一把。"不知道胡安背后真正故事的人们开始议论纷纷。同时,也开始有人谣传那把枪是一把会背叛主人、无法驾驭的枪,要能直直开火打中目标简直不可能。因此,镇上好几个男人全都聚到店里,目的是讨论德林杰手枪到底适不适合用来干这一票?它的优点、缺点分别是什么?各方议论无休无止。

"虽然这把手枪很小,但我认为不成问题,"埃塞尔·塞韦拉提出他的见解,"吉卜赛人根本不会注意拉蒙手里拿着什么东西。"

"可是子弹也很小啊,"阿马多尔突然打断他的话,"如果拉蒙没射中吉卜赛人的脑袋瓜,就等着死在他手上吧。"

"对啊,小到就像猎野兔用的子弹似的。"卢西奥活灵活现地说。

"不对,老兄,我用点 22 的子弹都杀过鹿了,这些子弹,我只需要一发就能干掉一头老虎。"佩雷兹家的幺子西雷尼奥拍胸脯保证。

"无稽之谈，"卢西奥嘲笑道，"你这辈子他妈几时杀过鹿了？"

西雷尼奥本想和他继续争辩，但托尔夸托插嘴说——

"你该做的事，"他对拉蒙说，"就是趁吉卜赛人还没看见你，就先动手杀他。"

"从背后偷袭？"马塞多尼奥在一旁加油添醋说，"不，这不是男子汉的手段。"

"吉卜赛人从那姑娘的背后捅了她好几刀，还真够男人啊，是吧？"托尔夸托反驳。

"好吧，你说得没错。"马塞多尼奥承认，然后对拉蒙说，"就这么办吧，从他背后开枪杀了他。"

"那个该死的吉卜赛人，一天到晚贴着墙壁走，拉蒙要怎么从他背后下手？"阿马多尔提出质疑。

"真的，那混蛋真的没有一刻不提防。"佩德罗·埃斯特拉达补充说。

马塞利诺进到店里时，几个大男人仍在热烈地讨论。如果这时有谁注意到马塞利诺凶神恶煞般的目光，一定能察觉他存心想找人大干一架。

"你们别尽在那儿闲扯淡，"他没来由地打断大家，"除非那狗娘养的吉卜赛人是个智障，否则他是不会再回来了。"

其余的人全闭上了嘴。没人料到这桩复仇计划可能中途喊停，所有人都认定，等到月初，吉卜赛人肯定会出现在洛马格兰德镇上。

"他不会蠢到还自己跑回来吧。"马塞利诺又接着说，"不然呢？难不成你们以为他还会回到镇上，去那少女的坟前献上一束花？"

胡斯帝诺·特列斯坐在座位上动也不动，手里端着一杯啤酒说：

"他会回来的，放心好了。"

马塞利诺转向他，挤出一抹诡异的微笑。

"你这是在说什么鬼话啊？你不都已经走漏风声，把消息全透露给卡梅洛·洛萨诺知道了？你以为，我们大伙儿都没发现他上午到你家去啊？"

胡斯帝诺喝了些啤酒，双臂环抱着后脑勺，丝毫不为所动，平心静气地回答——

"走漏你娘的风声，浑蛋……如果你不知道我跟卡梅洛谈了什么，最好就乖乖闭上你的狗嘴。"

卡斯塔尼奥斯家的老寡妇隔着一面屋墙，将他们的谈话全部听进耳朵里，预料将有一件天大的麻烦事要发生，便从后头走进店里。她穿过一大群男人，默默向大家说了句"下午好"，然后向卢西奥·

埃斯特拉达关切艾维丽娅的身体状况，再向佩德罗·埃斯特拉达询问罗莎的近况，最后在柜台边一张矮凳上坐了下来。

老寡妇的策略奏效了，大伙儿亢奋的情绪顿时缓和下来。对话继续，起初话题没有交集，大家各聊各的，最后才慢慢地回到对于德林杰手枪的争论。

大伙儿持续争辩了好一会儿，但迟迟没有定论。到了下午五点，参与辩论的人群有增无减。新加入话题的人立刻选边，两派论点你来我往，不停激辩以德林杰手枪下手的利弊。辩论最后扯上一些离题离得很夸张的事，像枪管长度和射击后坐力的关联性、风速如何影响子弹飞行时的重量，又或者有人开始鼓吹干脆近距离开枪。搞到最后，开始泛泛地讨论"如何下手杀一个人""如何好好送对方上西天"，问题根本没有解决。

这时，哈辛多·克鲁斯像在提醒拉蒙似的对他说话，仿佛在场除了他俩之外再没有其他人——

"看好，我告诉你怎么了断吉卜赛人的性命才是最好的方法，不然像这样瞎起哄根本就没完没了。"

哈辛多突兀地插嘴，瞬间令所有人都安静下来。关于德林杰手枪的争辩已非当务之急，大伙儿的兴致全都集中到哈辛多身上，等着听他会给拉蒙什么提议。然而，针对这一点，哈辛多什么也没说，只是开口要拉蒙陪他出去走走，"因为我得教你怎么杀他，像现在这样，光用讲的，你不会明白。"

两人走出店门，帕斯夸尔、托尔夸托和马塞多尼奥紧跟在后头。其他人仍一头雾水，搞不清楚状况，只能眼巴巴望着他们一行人慢慢走远，然后刻意佯作不好奇，对哈辛多要教拉蒙的东西一点也不感兴趣的模样，回头继续讨论德林杰手枪这样一把点 25 口径、全长十厘米的双管手枪究竟有什么优缺点。

2

吉卜赛人午觉醒来，被心中一个预感搞得筋疲力尽。今晚，加芙列拉很可能会被人杀死。这个预感荒唐透顶，他不打算放在心上，但却做不到。还有好多悬念有待解决，可能有许多意料不到的事会一起迸发出来。其中，尤其令他心神不宁的事是自己不能确定佩德罗·萨尔加多是否已经知悉自己与加芙列拉的恋情。此外，遇害少女的身份也引起他的注意。她是谁？为什么被人给捅死？他突然有个念头，会不会是对方搞错对象才杀了她？真正的刺杀目标会不会是加芙列拉？加芙列拉。加芙列拉。加芙列拉这个名字让他心痛；为什么她会令自己如此伤神呢？为什么自己对她就不能像对先前那些女人一样，让她滚一边去死呢？一直以来，他都以玩弄已婚人妻为乐，他喜欢把她们逼到走投无路，当她们决心要跟自己远走高飞时，他便狠狠抛下对方；为什么，为什么就是无法用一样的方式对待加芙列拉呢？

他得尽快返回镇上找加芙列拉才行。继续身处远方思念着她、继续梦见她被蛆虫啃噬的模样、继续这样发狂般渴望着她，即便再多一晚他都办不到。他试着不要草率行事。今晚就动身前往洛马格兰德一点也不值得，如果是今晚，铁定会跟加芙列拉的丈夫狭路相逢，火爆冲突将一发不可收拾。最好明天清晨，先等佩德罗·萨尔加多出门工作，趁他与其他日租工一起前往棉花场途中，他再到镇上去。

他想，抵达之前，他应该先彻底调查洛马格兰德。阿德拉命案的来龙去脉尤其重要，他不能像这样迷迷糊糊就跑回镇上。他猜卡梅洛·洛萨诺一定知道什么消息，所以打算先到曼特城的巡警指挥总部拜访。

下午才过一半，他便离开信天翁旅店。他没遇上拉恰塔·费尔南德斯，也没碰到她女儿，只好把欠她们的钱放到一只信封里，塞入门缝，里头还附了纸条，与其说是一纸留言，不如说是一份电报：

拉恰塔：你说得对。人妻，最好还是抢过来。
祝福你

何塞·埃切韦里·贝里欧萨巴

3

他们先去了哈辛多家。哈辛多拿了几条绳索和一个小背包。

"你拿了什么？"马塞多尼奥问他。

"一个惊喜。"哈辛多回答他，同时将背包挂到肩上，将绳索分给每个人。

他们前往艾伯纳山南侧的牧场。抵达之后，哈辛多要大家帮忙找一头额头雪白、尾巴只剩半截的赤色公牛。帕斯夸尔在远处山麓下、杂草最茂密的地方发现了那头公牛，它正在一棵牧豆树下吃草。

据哈辛多描述，这头公牛不仅脾气非常拗，性格也很粗暴，在田野间任意游荡已经好一段时间。

"它很凶猛喔，"他对大家说，"眼睛可要睁亮点。"

他们一行五人散开来，打算包围公牛。大伙儿蹑手蹑脚，以极慢的速度欺近它，以防把它吓跑。哈辛多躲入草丛，缓缓前进，顺利来到距公牛只有几步远的位置。他把身体压低，试着朝公牛抛出绳索，然而，绳索却甩在公牛的背脊上滑落了。公牛察觉有异，立刻翘起牛角，一副挑衅的神情，朝下坡的方向狂奔而去。托尔夸托试图要阻挡它的去路，公牛的头压得很低，似欲一头将他撞开。托尔夸托赶忙跳向一旁，公牛没有停下脚步，一路加速扬长而去。

"在那里把它给拦下来。"托尔夸托对拉蒙大喊。

拉蒙往对角线方向跑去，想追上公牛，但公牛速度加快，马上在草丛间消失了踪影，虽然还能依稀听到它将灌木丛枝干折断所发出的声响，但已经很难预测它会从哪个方向冲出来了。哈辛多对这一带的地形了如指掌，他猜，公牛大概闯进了干涸的河道，往上坡的方向去了，于是连忙向帕斯夸尔吹口哨，要他赶紧离开那一带。

帕斯夸尔迅速穿越一片空地，整个人躲进仙人掌树丛后。他感觉，公牛在自己对面的方向发出雷鸣般的怒吼声，他非常紧张，随即在绳索上打了绳圈，准备套住公牛。公牛在茂密的草丛间现身，沿河谷岸边的上坡冲了出来。帕斯夸尔按兵不动，一见公牛奔过来便朝它抛出绳圈，套住它一只脚。公牛发觉自己给人捉住，发了狂地哞哞叫，狂奔得更快。帕斯夸尔站稳脚步，打算将公牛拦下，手上的绳索猛力一拉，公牛原地打转，然后直直朝他身上猛力撞去。帕斯夸尔连忙滚到地面，闪过公牛的犄角攻势。公牛冲撞的力道太强，自己在落叶堆上打滑，失足跌落河床上。帕斯夸尔一心想逮住它，不让它逃掉，便将绳索紧紧缠绕在双手上，让自己被公牛跌落的力道给拖走。

公牛从侧面重重摔落在一块大石头上，挣扎地翻着身，痛到四脚朝天。帕斯夸尔想将绳索绑在一棵树的树干上，但公牛此时已被彻底激怒，朝遍布碎石子的干涸河床急速冲去，帕斯夸尔也一起被拖着走。

托尔夸托、哈辛多和拉蒙在山坡上看到帕斯夸尔和公牛从散乱的碎石之间滚落，赶紧往河床下冲过去。拉蒙赶上帕斯夸尔和公牛，成功将绳索套上公牛的颈部。

"拖住它。"托尔夸托向他大喊。

拉蒙拉紧绳索，公牛的速度慢了下来。托尔夸托跑向公牛，抓住它的尾巴。公牛转身，想用牛角攻击托尔夸托，但托尔夸托牢牢抓紧它的尾巴，整个人被公牛拖着打转。帕斯夸尔终于爬起身，将手上的绳索牢牢绑在一棵树的树干上，随即拉蒙也有样学样，把绳索绑在树上。公牛此时体力耗尽，终于放弃战斗，乖乖停了下来。托尔夸托放开公牛的尾巴，然后尽可能远离它。哈辛多和马塞多尼奥也终于赶到，大伙儿合力将公牛翻面，把它的四只脚都绑起来。

"该死的牛，根本像妖怪。"帕斯夸尔说着，同时朝掌心吐了口水。刚才与这猛兽激烈拉扯，掌心都被绳索磨破，现在伤痕累累。

"不是跟你们说了这头牛很野的吗？"哈辛多大笑。

公牛倒在他们几米开外的地方，一边气喘吁吁地咆哮、一边不断甩头，想从地上站起来。

"我本想把它赶到畜栏边，"哈辛多接着说，"不过，我想还是就地解决它好了。"

"然后呢？难道之后得把它扛回去不成？"马塞多尼奥提出质疑。

"不，老兄，我会先肢解它，然后再牵一头骡回来载肉。"哈辛多回答。他把背包放在大腿上，然后补充道："时候到了，拉蒙，现在我要教你如何下手杀吉卜赛人。"

他从袋子里抽出一支碎冰锥，又取出一支磨刀棒，在锥子刀尖上来回磨了三、四下，然后在自己右手拇指上试了试，以确认锋口够利。

"准备好了。"他说。

他走向瘫躺在一旁的公牛，摸摸它的肋骨，然后用食指在靠近肘关节处一个想象的点上作记号。

"心脏在这个位置。"他用指头按着。

公牛预见自己大难将临，仰天长啸。低沉的吼声在山壁间隆隆作响、回荡不已。公牛的颈上浮出一条又长又粗的血管，背上的毛皮微微颤动。

哈辛多右手挥舞碎冰锥，左手扯开拧皱的牛皮。

"得像我这样凿下去才行。"说完，他便以迅雷不及掩耳的速度把碎冰锥刺了进去，深及握柄。公牛微微咆哮了几声，双眼瞪得大大的。哈辛多又将刺入公牛体内的碎冰锥扭动了几圈，再慢慢拔出来，鲜血立刻自伤口激涌而出。

眼前的行刑令拉蒙看傻了眼，他还来不及退后，只能眼睁睁看着自己的鞋被喷溅出来的鲜血染成红色，顿时一阵晕眩。他想象着阿德拉同样血流如注的画面。

"我在它的心脏上不偏不倚凿了一个洞。"哈辛多解释说，"不消多久，它的血就会全部流干。"

公牛惶恐地瞪视他们，双眼中的光芒渐渐熄灭。它就这样静止不动，垂死的模样像极了一头温驯小犊，和不久前引发大乱斗的暴走野兽简直相差十万八千里。

涌出的鲜血随公牛的心跳忽高忽低，最后成了一道断断续续的血河。公牛猛力抽气，从鼻孔喷出凝结的血块，颈上的血管不断胀大，直到完全看不见。然后，它又突然抬起头，绷紧后腿，重重跌躺在地。

哈辛多见公牛咽下最后一口气，看也不看拉蒙、头也不回地对他说：

"学会了吗？"

拉蒙想象阿德拉一样是这种死法，想都没想就给了否定的答案。

"你看好了，"哈辛多接着说，"如果连这么大一头牛都能这样三两下就解决，把吉卜赛人刺死会有多快，你想想。"

托尔夸托非常清楚，要和小山羊或牛犊搏斗、再屠宰它们有多困难，因此对哈辛多的手法惊叹不已。以后，要杀山羊不必找它们颈动脉的位置割喉，也不用一斧劈断牛犊颈椎，现在只消一支锥、一个正确位置，利落一凿便能了事。

马塞多尼奥也表现出一副热血沸腾的模样——

"到时候，吉卜赛人连自己是怎么死的都不知道。"他坚信用碎冰锥进行这场复仇再适合不过。碎冰锥短小且致命。

拉蒙将阿德拉的死状抛诸脑后，将注意力转回哈辛多的解说。

"秘诀在于，"屠夫补充，"你要使劲捅进去，刺入他的骨头，锥尖才会往他体腔里滑进去，直达深处。所以你得把锥子磨得越锋利越好。"

哈辛多站到拉蒙身旁，将碎冰锥藏在他的衬衫袖口里。

"你得把它放在这里，藏好，"他一边说，一边指着拉蒙的左前臂，"这样才不会被吉卜赛人看到。时机成熟，你就用另外一只手把锥子抽出来，然后朝他胳肢窝下方的位置全力刺进去。"

他将碎冰锥交到拉蒙手上，对他说——

"好了，换你做一次，我看看。"

拉蒙接过碎冰锥，照哈辛多模拟的攻击方式演练了两三次。

"现在用那头牛试试。"帕斯夸尔建议。

拉蒙转过身，看看自己脚边已经僵硬的公牛身躯。

"有什么意义？"他问。

"为了让你熟能生巧。"哈辛多解释。

一行人抓住公牛牛角，将它吊上一根乌檀树的枝干。

"从它肋骨的地方刺进去，直接刺穿骨头。"哈辛多命令拉蒙。

帕斯夸尔推了公牛的尸体一把，尸体悬在半空前后摆荡起来。拉蒙用力捅了一下，但碎冰锥根本没刺进去。

"不、不、不，"哈辛多责备起来，"你的手臂得完全打直，全力刺进去才行。我示范一次，你看。"

哈辛多站到悬吊的公牛躯干边，帕斯夸尔再一次推动尸体。屠夫身体蹲屈，在尸体第一次摆荡回来时以猛烈强劲的力道刺去，锥子没入肉里，深及握柄。

"你得用上你的卵蛋，像个男人那样用力刺过去。你现在的手法不过是在替吉卜赛人搔痒。"

拉蒙重复试练了四次，第五次才顺利将铁器完全插入已经发青的公牛体内。他又重复了三次，向大家展示其技巧已经练到炉火纯青的境界。

哈辛多拍了拍公牛背脊，向拉蒙耳提面命，提醒他务必攻击吉卜赛人腋下下侧与左乳头齐高的位置。

"锥子一捅进去，就往里头四处乱钻，想办法扯破他的内脏。"他凶狠地说。

哈辛多指导拉蒙时的态度相当温和、坚定，甚至口吻还像拉蒙的父亲，让马塞多尼奥听得发慌。

"喂，哈辛多，到底有几个废物死在你手上？"马塞多尼奥问。

哈辛多并没有被他这番话惹毛，他说——

"我没杀过半个人，不过，教我用这种方式屠牛的家伙之前至少刺死过十个浑蛋吧。"

他们没人相信哈辛多的话，话题就此打住。

他们将公牛由上往下一刀劈成两半,把内脏全都掏出来。哈辛多收集可以食用的内脏:肝脏、肺脏、睾丸和肾脏,然后装入几只塑料袋,再将牛肚与牛鞭装进另一个袋子。他又向大家展示上头有六个锥孔的心脏,然后交给拉蒙。

"你刺得还真准,"他对拉蒙说,"拿去作纪念吧。"

一行人将公牛尸体的皮剥下来,又用金合欢树茂盛的枝叶覆盖它的残骸,免得被郊狼吃了。哈辛多将牛皮腌上一层盐巴,卷成一捆,用龙舌兰绳绑好。

"如果你把你爷爷的骡车借我,我就把牛皮送你。"他向帕斯夸尔提议,两人约好了晚上再回来将公牛尸肉载走。

大伙儿趁天色暗下来前返回镇上,一路上,拉蒙几度将手探入长裤口袋,想确定阿德拉的黑白大头照是不是仍旧完好如初。

4

吉卜赛人抵达埃尔阿布拉,中途停车买了十二打甜橙。整整一天除了早上那盘豆子，他根本什么都没吃。他坐在引擎盖上剥了一颗甜橙，朝果肉用力吸一口，把籽一口吐掉。沿途一堆蜻蜓撞上车子的挡风玻璃，在上面留下黄绿色污渍。吉卜赛人拿一条湿抹布将污渍擦掉，接着再吃一颗甜橙，并将剩下的甜橙放入一只冰桶。

他离开埃尔阿布拉，开上通往曼特城的州际公路，打算和卡梅洛·洛萨诺见一面。旅途中，他想起自己少年时期曾认识一位希腊水手。水手在一艘悬挂利比里亚国旗的商船上当船长，航程会经过科隆自治区港、普罗格雷索自治区港、夸察夸尔科斯自治区港、韦拉克鲁斯自治区港、坦皮科自治区港和布朗斯维尔港等，泊了船就做生意。大家称他红哥·帕帕季米特里乌，并不是因为他的发色——他在四十岁时头发就全白了——而是因为他是一名慷慨激昂的共产党员。

他操一口标准的西班牙语，外国口音中又夹杂热带腔。只有大动肝火时，他才会用母语大骂"操你妈的"（στα αρχίδια μου）。此外，他总在甲板上练习骑脚踏车，行径特异，在坦皮科自治区算小有名气的一号人物。吉卜赛人是在码头附近一家地下赌场——那是一个豪赌西班牙纸牌的地方——认识他的。红哥在那儿鲜少赌牌，他是为了跟三五好友小酌几杯才造访的。他口才好、能言善道，喜欢以日常生活鸡毛蒜皮的小事漫天胡扯一些大道理，人群簇围着他，听他高谈阔论；听众里头当然也包括了吉卜赛人。

那些没完没了的夜晚里,有一次,红哥·帕帕季米特里乌的一句话清晰地烙印在吉卜赛人的心上。"有些女人啊,"水手解释道,"只能当床伴,但有些女人是可以当爱人的。"有听众说,这种分类未免也太不成熟？无论如何,女人都是床伴,也都是爱人。在一瓶威士忌的催化下,红哥澄清道:"你们听好,有些女人就是拿来睡的,然后,嘭！就这样,她们就从你生命中离开,一点痕迹都不会留下,隔天早上就可以把她们忘得一干二净。这种女人,我都叫她们床伴。相反,另一种女人是你可以睡上一辈子的,跟她们做爱永远停不下来。她们每分每秒都能为你的生活带来无穷的惊喜。这种女人就是我说的爱人。有些女人啊,抛弃了以后,呵呵,你就完全不想知道她的事了。另外有些女人,无论你怎样千方百计也无法将她从脑海里抹去,她会永远留在你心深处。"

红哥这番言论引发全场一阵狂嘘,但也有人鼓掌叫好,更有人爆粗口问候他老母。他被冠上种马、乡巴佬、骗子和混蛋等称号。红哥对在场的喧嚣不以为意,继续发表他的高见。

吉卜赛人对红哥的观点印象深刻,整晚不停在心中回想红哥说的话。他问自己,对女人来说,男人是不是也有床伴与爱人之分,如果男床伴遇上女姘头,男爱人遇上女姘头,或者反过来,究竟会发生什么事。

翌日，吉卜赛人想在同学面前吹嘘，把从红哥那儿听来的哲理当成是自己的话来转述。他没料到，这样大放厥词很可能会自取灭亡。他不断吹嘘，直到其中一位同学对他说："所以，你妈就是你口中所谓的女姘头，因为据我了解，你爸根本不费吹灰之力就搞上了你妈，然后又把她抛下，肚子里怀了你这家伙……"

其余的同学开始嘲笑吉卜赛人，他愤怒到脸色苍白，想把羞辱自己的那位同学抓起来狠狠揍一顿，但那家伙不但不跟他正面冲突，反而还在整个校园里四处宣传："来瞧瞧女姘头生的小孩喔，来瞧瞧喔……"吉卜赛人颜面无光，就此离开校园，不再踏进校门一步。

此后，他没再回去地下赌场，一辈子都对红哥怀抱着怨憎。数年后，红哥的死讯传到他耳里，他感觉相当愉快。红哥让人给杀了，胃的内壁还嵌着龙舌兰酒瓶碎片，是港口那儿一个妓女下的毒手，一个所谓的女床伴。

自此以后，他就将红哥连同他那些论调彻底忘掉。直到这个星期二下午，在公路上驱车前往曼特城，他突然意识到，无论自己和加芙列拉做爱做得再多，他的爱意还是永无止境。他可以将加芙列拉从头到脚吻遍也不嫌腻、不满足。他可以舔遍她身上每一寸肌肤，每一口都有不同的滋味。他想自己现在真的明白希腊船长的话了。

红哥的道理不尽然是男人虚张声势脱口而出的话,而是一个男人显然已经坠入爱河,所以正在寻求一种诠释,想将自己爱的女人和其他女人区分开来。

5

他抵达曼特城,驱车穿越整座城市,来到通往维多利亚市的路口。最后一栋房子几乎紧邻公路,正是巡警的指挥总部。

他敲门。一名警察正在打瞌睡,衬衫胸前扣子全部打开,浑身酒气,听到敲门声才悠悠忽忽地走来开门。

"近来可好啊,吉卜赛人,有什么新鲜事?指挥官正在寝室里休息呢。"

吉卜赛人每个月都会来指挥总部报到,交缴当月保护费。他在警界名声响亮,是个准时付款的走私贩子,鲜少惹麻烦,撇开他时常跟已婚人妻偷情不说,他实在很难跟谁发生纠纷。吉卜赛人在其中一间房里找到卡梅洛·洛萨诺,他正在跟三名手下玩骨牌[1]。椅子旁有好几罐不同牌子的啤酒空瓶,桌上摆了一瓶甘蔗酒和一盘吃剩的墨西哥夹饼。一颗裸露的灯泡照亮整个房间,灯泡上沾满苍蝇粪便。卡梅洛没穿衬衫,肩上挂了一条红色的湿抹布,请吉卜赛人到他身旁坐下。

"稍等一下,"他对吉卜赛人说,"我得先把我同事的双六点挡死,马上就来招呼你。"

骨牌牌局继续。吉卜赛人见后院一根横梁上正吊着两头母鹿的尸体。

"我们委托几个猎户捉来的,"卡梅洛澄清说,"明天我们要办个烤肉会呢,你应该有兴趣来?"

"不了,我还有事要处理。"吉卜赛人回答,双眼紧盯着大队长手上的骨牌。卡梅洛翻开一张骨牌,将牌子放在桌上转起来。

"我听牌了。"

的确,其中一家摆了一张双四点,大队长掀开他最后一张底牌,一张四二点。

---

[1] 此处应指多米诺骨牌游戏。多米诺骨牌每副二十八张牌,每张牌上刻有数量不等的点数,现代多米诺骨牌的玩法规则种类繁多,但多以2人或4人对局,率先出完手中骨牌者为胜出。另有一种娱乐性玩法,即将数量巨大的骨牌竖立等距排放成各种图案,推倒第一张牌以带动后面的牌依次倒下。

卡梅洛自桌边起身，伸伸懒腰、活动筋骨，手都快要撞到天花板了。

"你们把牌好好洗一洗吧，"他下令，"我来看看我这位朋友有何贵干。"

他灌了一口甘蔗酒，然后递给吉卜赛人。

"什么风把你给吹来啦？"他问吉卜赛人。

"人生啰，指挥官。"

卡梅洛微微笑。

"除了人生以外呢？"

"我在洛马格兰德还有些正经事要办，听说那儿出了大事，闹得沸沸扬扬……方便给我解释一下吗？"

"就是，有个少女被谋杀了……"

"是，我听说过。"吉卜赛人打断他的话。

卡梅洛接着把话说完。

"……现在镇上可乱了。"

"此话怎说？"

"乱到如果你没事就往那儿跑，你他妈就等着，有人会杀你。"

"杀我？为什么要杀我？我什么事都没干啊？"

卡梅洛又伸了懒腰,然后一屁股重重坐进椅子里。

"第六感啰,我的朋友,第六感。"

说完他又开始了新牌局。

"你有什么正经事还没办吗?"卡梅洛质问他。

"我要去收债。"

"下次再去收吧。"

"他们跟我约好明天要跟我付款。"

卡梅洛拿了七张牌,将它们全都立在桌面上,照点数大小的顺序排列。

"你瞧,这起手牌也未免太烂了。"他边说边将他的牌组拿给吉卜赛人看,然后抬起头,看了他的同事一眼,"谁先开始,你先还是我先?"

另一位玩家开了局,打出一张双三点。

"我猜啊,你是和那儿哪个老太婆有一腿,感情用事,才会跑这儿来吧。"

"差不多吧,但我确实要去收债。"

"我的好朋友啊,给你个忠告吧!你别到镇上去……说真的,镇民现在全都气愤到不行。"

"我不过是要过去收个款,当日去当日回。"

卡梅洛做了个手势,表示行不通,又在桌上用力押了一张牌。

"过。"他说。

牌局继续,指挥官又过了一次牌。

"该死的,瞧,这是在胡搞什么?"卡梅洛责备他的牌友。

他的部下被他这么一骂,紧张兮兮地回答——

"再来一局吧,再一局。"

卡梅洛用肩膀上的抹布擦去脸上的汗,然后又拿起酒瓶灌酒。

"好吧,吉卜赛人,随便你爱怎么做就怎么做吧……你可别事后哭哭啼啼跑来找我就是。"

牌局结束,卡梅洛的对手输他二十五点。

"狗娘养的杂碎。"卡梅洛说着,一边洗牌。

吉卜赛人双手在裤子上磨蹭,感觉热血沸腾。

"嘿,指挥官,您能不能借我一把枪?只是预防万一,我怕镇上有人发神经。"他一边说,一边想着佩德罗·萨尔加多。

"老兄啊,这是不可能的事,"卡梅洛马上惊呼,"太过火了。再说,你要枪干什么?大家不都说你有两层皮吗?"

"话虽如此,但就连九命怪猫也会有九条命都用完的时候啊。"

大队长转身面对吉卜赛人,盯着他不放。

"我的好朋友,你为什么要害怕呢?你不是什么事也没干吗?"

"您不是说洛马格兰德那儿事情闹大了吗？"吉卜赛人冷静地回应，"我跟您借把枪，不过是买个保险罢了。"

卡梅洛似乎对这个答复很满意，因为他换了一个腔调。

"我不借你。"趁吉卜赛人还没来得及开口抗议，他马上又补一句，"我卖你。"

"卖我多少钱？"吉卜赛人问，丝毫不掩饰自己雀跃的心情。

卡梅洛看了玩骨牌的三个部下一眼，好像正在跟他们串通什么事似的，然后他回答：

"算你两百五十万。"

"什么意思？大队长，这价钱，我都能买上一把后装式霰弹枪了！"

"一口价，你要还是不要？"

吉卜赛人将手伸进长裤口袋，摸了摸录音笔那笔生意赚来的两百万比索。

"我出一百五十万。"

卡梅洛替自己抓了七张骨牌，从头到尾眼不离牌，缓缓响应吉卜赛人提出的价码——

"我们就各退一步……算你两百万。"

"一百七十万。"

"一百九十万，我的底线了。"

"成交。"

吉卜赛人抽出钞票,点算过后放在桌上。

"钱全都在这里。"

大队长冷静地收下钞票,看都不看就直接收进衬衫口袋。

卡梅洛和他的手下们又接着玩了一局骨牌,然后又是一局。他的屁股死死粘在椅子上,吉卜赛人的耐心快给磨光,于是开口问:"枪呢?"

大队长装成大吃一惊的模样说:"什么枪?"

吉卜赛人被惹毛了,开始埋怨起来:"别闹了好吧,大队长……您不要……"

"省省吧,我的好朋友,我真的不知道你在说什么。"卡梅洛一边说,一边用疑惑的表情看着手下,"你们明白我们这位好朋友在说什么吗?"

三位警察摇摇头,表示不明白,暗地里却在窃笑。

"你自己也看到了,我们不清楚你在问什么枪。"

吉卜赛人知道,如果卡梅洛跟自己来这套,自己根本不可能跟他争辩。

"你真的要这样讹诈我?"

卡梅洛·洛萨诺在桌子中间摆了一张骨牌。

"我出一张双五。"说完之后他又拿湿抹布来揩脸。然后,他拍拍吉卜赛人的膝盖。

"你可别误会,我的好朋友,我不是在讹诈你,是在帮你啊。"

"我看是海削我一顿吧,我说错了吗?"

"错了,"大队长强调说,"你交给我的钱,我就当成是你预付的保护费……现在你可以滚了,你一直让我分心,待会我要是输了就都是你的错。"

吉卜赛人想抗议,但卡梅洛硬生生打断了他。

"够了,给我滚出去,你现在不马上给我滚,我就栽赃几个罪名到你头上,再把你关进大牢。"

吉卜赛人放弃继续跟他周旋,一肚子火离开了指挥总部。指挥官根本不费什么工夫,就把他身上将近两百万比索给榨干了。

他再次驾车穿越了城镇,开向另外一头前往自治区的公路,然后在郊外一处路肩停了车,倒头就睡。他已下定决心,不管洛马格兰德是不是乱、不管自己有没有枪,隔天他就要去找加芙列拉。

Chapter XV 一夜之前

1

"吉卜赛人此刻在阿兹特克镇。"

消息透过古斯马洛·科利亚索的嘴巴传回镇上。每个星期二下午,他总是差点赶不上在洛马格兰德停靠的巴士。这一班巴士沿途经过埃尔阿布拉、埃尔特里温福、普兰德阿亚拉、尼诺斯爱洛艾斯、阿兹特克镇、马德罗合作农场、迪亚兹奥达兹自治区、卡瑙斯、格拉西亚诺桑切斯、帕斯多雷斯合作农场、洛马格兰德、圣塔安娜自治区、埃尔迪耶斯欧丘、洛佩兹马特奥斯城和曼特城。

"你怎么知道?"阿马多尔·森德哈斯质问。

"我看见他的小货车停在旅店门口。"古斯马洛一面回答、一面忙着急救一只火鸡。他载了一窝火鸡、一路舟车劳顿赶回来。这只火鸡被两大袋砂糖重重压住,喘不过气,现在已经窒息了。

马塞利诺——至今仍因为与胡斯帝诺的激辩而感到浑身发烫、热血沸腾——语不惊人死不休地对他说：

"然后你害我们的计划全曝光了，是吧？"

"老狗变不出新把戏，你又来了。"胡斯帝诺窃窃私语，不想让他身边的人听到。

火鸡已经回天乏术，古斯马洛放弃继续往它的嘴里吹气。他语带挑衅地回答：

"你别跟我扯这些有的没的，马塞利诺，我才不是软蛋，你不要在那乱造谣。"

"嗯哼，在我们发现是吉卜赛人杀了那小姑娘之后，你是唯一离开镇上的人。"

事情确实如此。那天早上，古斯马洛骑着脚踏车到尼诺斯爱洛艾斯买火鸡。他将脚踏车留给一位住在当地的堂弟，然后搭公交车回来，省得还得骑着脚踏车扛一大群火鸡。

"嗯哼，容我告诉你，马塞利诺，我其实压根儿也没看到吉卜赛人本人，我只是恰好看见他的小货车。"

"走着瞧吧……走着瞧吧……"马塞利诺嘴里念念有词。

面对他的挑衅，古斯马洛不愿回应。火鸡已经在他的双手下断气，他没有办法救活它了。

得知吉卜赛人就在离洛马格兰德镇上不远的地方，几乎人人都感到激愤，这个消息再次唤醒了众人想置他于死地的欲念。索特洛·比利亚提议大伙儿一起到阿兹特克镇去，动用私刑处死吉卜赛人，但激动的情绪马上被胡斯帝诺·特列斯缓和下来——

"这不干我们大伙儿的事，"他说，"这是拉蒙自己的纠纷。"

拉蒙杀死公牛、回到镇上时，所有人都在等他回来，一副等着看好戏的模样，所有人都想知道，吉卜赛人就在几公里外，拉蒙会如何回应。大伙儿咄咄逼人，无所不用其极地对拉蒙施压。有些人逼他再次发誓自己一定会亲手报仇。另外一些人——最激动的那群人，其中包括了马塞利诺·乌依东与索特洛·比利亚——催促他今晚就去阿兹特克镇复仇雪恨。拉蒙迷惑了，他不知道该如何是好，被大家压得喘不过气，没办法给众人一个交代。于是哈辛多·克鲁斯跳出来帮他缓颊。

"一个优秀的猎人，"他严肃地说，"会让老虎自己送上门，不会一天到晚在外头四处寻觅。"

他这番言论挑起了马塞利诺·乌依东心中一把怒火。

"要是他不自己送上门来呢？"他激动地问。

胡斯帝诺·特列斯不让哈辛多回话，自个儿打断了他们——

"我得告诉你几次你才会懂，马塞利诺？吉卜赛人会回来。"

他不悦地说。

马塞利诺不甘示弱,直接跟胡斯帝诺杠上。

"我得问几次你才会懂啊?你怎么就那么笃定?"

胡斯帝诺从座位上站起身,把喝过的酒瓶放在金属桌上,转身面向马塞利诺。

"因为平日不做亏心事,半夜不怕鬼敲门。"他不多作解释便转身离去。

其余的人全都丈二金刚摸不着头脑。唯有拉努尔福·奇拉特知道镇代表葫芦里卖的是什么药。毋庸置疑,胡斯帝诺肯定知道吉卜赛人是清白的,其他人也跟他一样明白这点。拉努尔福察觉自己扯的谎竟是这么脆弱,顿时心生恐惧。万一拉蒙没能成功杀死吉卜赛人——这也是最有可能的结果——吉卜赛人必然会追究到底,找出是谁把命案栽赃到他头上,并且一定会把这人揪出来,要他为自己的恶意中伤付出代价。他已经没有退路,已经没法子收回自己的一派胡言。无论如何,他都该有所行动,想办法让吉卜赛人彻底牺牲,这才是自己唯一的救赎。

他紧张兮兮地从人群里溜出去,把自己锁在家里,等进一步消息。

夜幕低垂。男人们纷纷离开,只剩少数几位继续待在小店里。店内弥漫紧绷的氛围,肯定有什么天大的事随时要爆发。

哈辛多抱持一样的信念。他将拉蒙拉到一旁,让他离开其他人。"你得马上做好准备,"他对拉蒙说,"吉卜赛人没多久就来。"他自背包中取出碎冰锥,用磨刀石磨了好几回。

"好了。"他边说边将碎冰锥递给拉蒙,拉蒙有点将就地接了下来。"你什么都别想,"哈辛多补充道,"根本想都别想,尽管下手杀了他就是。"

拉蒙看着碎冰锥的尖端寒光闪闪,把自己的手心都照亮了。他已经没有时间可以演练攻击的细节,没有时间可以让他朝公牛尸体的肋骨部位试刀,更没有时间做任何准备了。复仇行动,真正的复仇行动,从这一刻开始揭开序幕。

Chapter XVI　终章

1

破晓时分,他被长尾鹩哥的叫声吵醒。鹩哥在一棵苹果树枝头发出尖锐叫声,他的小货车正好就停在苹果树下。自己身上的钱几乎被卡梅洛·洛萨诺拐骗殆尽一事令他怒火中烧,同时,几个小时后便能再度用自己的双手感受加芙列拉·包蒂斯塔却令他心荡神摇,即便如此,他还是睡得很安稳,就连车厢的闷热也没有扰他清梦。

吉卜赛人将车门打开,鸟儿全都展翅惊飞而去。他探出头,想呼吸几口早晨清新的空气,空气闻起来有焚烧甘蔗的气味。他坐在一个冰桶上,脚上穿着一双帆布鞋,步出驾驶座,望着远方地平线的阴影勾勒出艾伯纳山的山棱线。很快,他就会打那儿经过。

他点燃一个可携式小火炉,烧了开水,准备煮咖啡。他不赶,他大可先等加芙列拉的丈夫出门到埃尔萨拉多村的种植场后再出发。八点抵达洛马格兰德,可以确保他的死对头已经离得够远了。

他煮好咖啡,加了五匙糖和一匙奶粉。小时候,妈妈就是这样泡咖啡给他喝的。他妈妈老爱挂在嘴边，说喝得够甜体力才会充沛、才会快快长大。

喝完咖啡，他又吃了两颗甜橙，将使用过的咖啡杯冲洗干净，再将可携式火炉上用剩的白油溶剂全部装入一只小瓶里。一只郊狼从他面前跑过，四目交会时，郊狼并没有表现出恐惧或警戒的模样，只是继续它的旅程。

他扭开收音机。坦皮科自治区的地方电台正在播送《早安牧人》节目，两位主持人一边打瞌睡，一边闲扯他们收到"最最最可爱的听众"的来函，两人硬要把无趣的对话伪装成爆点不断、风趣无比的段子。他们将信件一封一封读出来，大力赞扬"拜耳公司农牧产品的益处举世无双"，最后才播报了标准时间。

当吉卜赛人听到他们宣称"百敌克"是治扁虱的最佳良药，又播报时间正是上午七点十六分以后，他决定启程。他将火炉收入匣壳里，又将床垫卷起来，折好床单，然后从冰桶里再拿出一粒甜橙，准备待会儿在路上吃。他发动引擎，稍待热车，然后方向盘一打，将小货车倒出来，驶上前往坦皮科自治区的公路。四十多分钟过去，他已经快抵达目的地了。

2

第一个见到他往镇上驱车而来的人是帕斯夸尔·奥尔特加。他远远就认出吉卜赛人的小货车疾驰在十八号公路的荒野坡道上。他将自己的注意力全部集中在公路上移动的小黑点，一确定来者何人便拔腿往小镇的方向跑回去，将自己用来耕田的马连同它们肩上的轭一起抛下。

当托尔夸托·加杜尼奥开始听见人群说话声时，他正在自家院子里，将成袋的玉米装到一匹母骡背上。他爬上屋顶，隐约看见帕斯夸尔死命狂奔、在排水沟之间蹦蹦跳跳、撕心裂肺地大声喊着——

"来了……他来了……！"

托尔夸托抬起视线，发现小货车正朝小镇的方向驶来。

"操他妈的婊子。"他大声疾呼。

他踩着屋顶瓦片爬下来，把母骡拴在一根柱子上便急急忙忙跑向哈辛多·克鲁斯的畜栏。

他在屋棚下找到哈辛多，哈辛多和马塞多尼奥待在一块儿，正在肢解前一天屠宰的那头公牛。

"他到了！"托尔夸托放声喊起来。

屠夫劈了一刀，将剁下的肉条放到几张旧报纸上，然后问——

"谁到了？"

托尔夸托气急败坏地回答——

"你以为呢……那个吉卜赛人啊。"

哈辛多站起身，捡了一小片报纸，将手上的血渍擦拭干净。

"他人到了？"他气定神闲地问。

"还没，但马上就到。"托尔夸托耐不住性子地回答。

哈辛多思考了几秒。

"你去通知拉蒙，叫他准备好，告诉他，吉卜赛人已经回来了，然后，我会把吉卜赛人带到他店里去。"

托尔夸托听从指示，纵身跃过畜栏篱笆，飞也似地传话去了。

"还有你，"哈辛多又对马塞多尼奥说，"看你等会儿遇到谁，把他们全带到拉蒙的小店附近，我怕事情演变成很糟的局面。"

马塞多尼奥朝农地出发，要去把大伙儿都召集过来。哈辛多将肉片打包，塞入一个大黄麻袋里，又将肢解用的屠刀收入刀鞘，然后放入衬衫下。他断定，要拦截吉卜赛人最好的方式就是在鲁蒂略·布埃纳文图拉的家门口等他——吉卜赛人肯定会先去那儿——这样才好邀请他同赴拉蒙的店里小酌。

他穿过院子外的栅门，注意到帕斯夸尔正往镇上跑，沿途不断大喊着——

"回来了……他回来了！"

3

胡斯帝诺·特列斯将一个装了牛奶的杯子放在桌上，身体向椅背用力靠上去。帕斯夸尔正在外头鬼吼鬼叫、提醒大家当心，他已经听到了，同时也听到一大群聒噪的群众紧跟在他后头不停取笑他。现在，他可以听见吉卜赛人的小货车从远方慢慢接近，引擎隆隆作响。

他闭上双眼。好几次，他都听过这种死亡降临前特有的声响。希门尼斯三兄弟谋杀了纳萨里奥·杜阿尔特的清晨，他听过一样的声响；罗加希亚诺·杜阿尔特为了复仇，一把火烧了伊波利托·希门尼斯的茅草小屋，还把他跟他的妻子连同两个孩子全都烧成灰，那晚，胡斯帝诺也听过一样的声响；某个午后，八名司法警察埋伏攻击阿达尔韦托·加里贝，把他和另外一个毒贩弄混，将他扫射成蜂窝，那个下午，胡斯帝诺也听过同样的声响。一模一样的声响：踩踏在沙尘上的细碎脚步声、人群交谈、东奔西走的喧嚷声。最后，还有一阵旷远稀薄的沉静。毕竟那份沉静是来自他心里的声响。

他拿起杯子,在手上轻轻晃了几下,看着牛奶附在杯缘上,再缓缓淌下。他大可以现在就到公路上警告吉卜赛人,跟他说,有个针对他的攻击一触即发。他大可以到店里去跟拉蒙说明清楚、厘清真相,告诉他,其实吉卜赛人跟这桩命案八竿子打不着,而他的小女友——如果阿德拉真是他的女友——死前几分钟还跟另一个男人睡了,然后又被这个睡了她的人给捅死;此外也一并告诉拉蒙,阿德拉并不值得他用无辜者的鲜血来复仇。他大可以当着众人的面,揭穿真正的凶手暗地里玩的把戏。凶手很可能正在群众间煽风点火,一步步将拉蒙和吉卜赛人推向死亡对决。这次,他大可以将这种令他感觉刺耳的死亡声响彻底消音,但他并没有那么做,他只是看着牛奶在玻璃杯内缘缓缓淌下。

4

她将衣物褪去,脱个精光,在头顶淋了好几杯水,任清水从自己身上流过,想好好清凉一下。她还得战胜一整个上午的炎热和风沙。

她打开那台传统的电池收音机,将音量调高,然后坐在床上,梳起头发,嘴里哼着收音机里听来的昆比亚舞曲。梳完头后,她从床上起身,看着镜里的自己。她的双眼周围遍布皱纹,即使细微到几乎无法察觉,加芙列拉仍失望地皱了皱眉。很久以前,她的奶奶就跟她说过,女人一有了皱纹,就像水果开始腐烂。这话是骗人的,她早就已经开始腐烂了。

她离开镜子,饥肠辘辘地走向食物储藏间。经过窗前,隔着轻薄的窗帘布,她也能见到帕斯夸尔·奥尔特加在远方朝着学校大教室的方向狂奔而去。加芙列拉注意到他一边死命跑、一边鬼吼鬼叫,但收音机的声音让她没能听见帕斯夸尔·奥尔特加到底在喊些什么。她把音量调低,再度回到窗边探头,但已经看不见帕斯夸尔了。她思索了片刻,突然,一辆汽车吵闹的引擎噪音传入她耳中。她竖起耳朵,不会错,就是这个噪音。她将窗帘拉开,顾不得大街上可能有人会见到她的裸体,她只想找出声音是打哪个方向来的。她转头望向右侧,内心顿时狂风暴雨,一辆黑色的小货车在街角出现了。

加芙列拉满心欢喜,整个人扑向床铺,从床底拉出一只收整了衣服的箱子,匆匆忙忙穿上衣服后又突然停下了动作。

"他会被杀的。"她放声大叫。

她在身上缠了一条床单,冲向屋门。她得赶紧拦下吉卜赛人才行,得通知他有人想干掉他,告诉他,他应该带着自己,两人一起离开小镇,远走高飞。她听见喇叭鸣了三声,那是吉卜赛人在跟她打暗号,告诉她自己半个小时后会在老地方等她。加芙列拉心痛地解开门栓,用力将门拉开,绝望地看着吉卜赛人开车加速扬长而去。她裸着上半身,一度试图想要追上车子,最后只能径直大喊——

"吉卜赛人!"这是她唯一能喊出来的话,因为"老兄弟"正靠在铁丝网旁询问她有什么事,自己是否能够帮上忙。

5

他在鲁蒂略·布埃纳文图拉的家门前停下,将引擎熄火,双手仍紧握着方向盘。他觉得一切平静祥和,然而,谨慎行事才是上策。卡梅洛·洛萨诺是不会无缘无故提醒他的,要格外注意才行。他摇下车窗,让空气流通,不然车厢内可真是热坏了。他从小货车下来,一路来到鲁蒂略的门前。老样子,吉卜赛人向他吹了口哨,通知他自己到了。老盲翁没回应。

"他睡着了。"

吉卜赛人火速朝背后的声音转过身,看见哈辛多·克鲁斯,脸上挂着一抹友善的微笑。

"我也是来找他的,"哈辛多补充说,"但他都没响应……再说,连母鸡他都没有放出来。"

每天醒来,鲁蒂略做的第一件事就是把母鸡全放到屋外,让它们自由活动,但现在还能听见屋内传来母鸡的咯咯啼叫。

哈辛多·克鲁斯摘下帽子,擦了擦额头滴落的汗珠。

"这什么狗屁太阳……才不过几点就这么毒。"他说完又接着说,"为什么我们不利用等老盲翁起床这段时间好好去喝杯啤酒呢?我请客吧。"

吉卜赛人婉拒了他的邀约。

"我看我最好还是留在这儿等。"

哈辛多丝毫不让步,拍了拍他后背,对他说——

"干嘛在这里让太阳晒啊?老兄,有时候,鲁蒂略不睡到九十点是不会醒来的,来吧,不会花我们多少时间。"

吉卜赛人没有理由怀疑哈辛多。几次造访洛马格兰德,他们甚至还曾一起喝到酩酊大醉。

"让我进屋看一下就好,看他醒来了没?"吉卜赛人说完便将栅栏上的小门打开，进到院子里。

哈辛多焦虑不安地望着吉卜赛人走进屋子。如果鲁蒂略警告他，这个复仇计划就会崩垮掉。

吉卜赛人从窗外朝屋里瞄了一眼便回来了。

"他在摇椅上睡着了。"他指着屋里说。

"所以呢？"

"那么，我们走吧。"

6

他四度拿起碎冰锥又四度放下，这把碎冰锥和他前一天下午握在手中的那把完全不同，形状不同、手感不同、长短比例也不同。这把碎冰锥根本握不住，没办法跟自己的手融为一体。

托尔夸托绝望地看着拉蒙，看他无论试了多少回都白费力气，就是无法将碎冰锥藏进衬衫左边的袖口。

"动作快一点。"他向拉蒙大吼。

拉蒙重新拾起碎冰锥，试着稳住自己的手指，但他就是办不到，只能再一次将碎冰锥放回柜台。

"你别临阵脱逃啊。"托尔夸托大声咆哮起来。

拉蒙并没有临阵脱逃的打算，他不过是没办法将武器藏进袖口的打褶处；没办法止住剧烈的心跳在脑门上一阵一阵地敲打；没办法将前臂紧绷僵硬的肌肉放松下来。托尔夸托太早把消息告诉他，事发突然，拉蒙没办法好好准备，没办法做好杀死对方或被对方杀死的准备。不，这样行不通的。

托尔夸托试着在拉蒙的衬衫里找一个地方将碎冰锥藏好，但他的动作太粗鲁，武器又从手中滑落，掉在地上滚动。

马塞多尼奥突然在门前现身，嘴里含糊叨念着——

"他们来啰。"

拉蒙用右手捡起碎冰锥，用尽全身的力量把它牢牢握紧。他不会再松手放开它了。

托尔夸托透过墙壁上的一个孔隙窥看，见哈辛多和吉卜赛人正一步步朝小店接近。

"有人去把他的小货车轮胎刺破了没？"他问。

马塞多尼奥点点头。托尔夸托再回到墙面窥孔上，继续看向外头。

"他们经过马塞利诺家了。"他大声说。拉蒙咬紧牙关，深呼吸一口气。

"你可别留他活口。"托尔夸托说完便与马塞多尼奥一起躲起来。

拉蒙站到柜台后面，拿了一条抹布试着遮住碎冰锥，尽可能藏得越低越好。

7

一些微弱且几乎难以觉察的征兆惊动了吉卜赛人，让他开始提高警觉，他猜想，有人将对他发动奇袭。妇女们好奇的目光透过玻璃窗窥探他的一举一动，男人们鬼鬼祟祟，在街角刻意地来回走动，还有一股稀薄的寂静，以小镇清晨这个时间来说很不寻常。

吉卜赛人并没有因此吓得惊慌失措，反倒气定神闲，准备面对接下来可能发生的任何突袭。他绷紧身体，小心检视四周每个角落。

他们抵达店内，吉卜赛人马上背对柜台。他想面对出入口，一且有任何异常的风吹草动，全都不会逃过他的法眼。他不在意自己是否背对拉蒙，小店主人对他来说不构成任何危险。

哈辛多向拉蒙打招呼，简洁道了声"早安"。拉蒙一时间没能回应：含在嘴里的话令他感觉窒息。他试着控制自己从头到脚都在颤抖的身体。

哈辛多走向冷冻柜，拿出两瓶啤酒，打开瓶盖。"我们要喝几杯啤酒。"他一边对拉蒙说，一边露出好像共犯、串通好什么事般的微笑，然后转向吉卜赛人，将手上的啤酒递给他。吉卜赛人用左手接啤酒。他必须空出右手，自我防卫，以便对付任何突如其来的攻击。

哈辛多灌了一小口啤酒，人倚在店门旁的墙上。吉卜赛人留意他的一举一动，视线紧盯着他不放。

大伙儿开始聊天。拉蒙——人至今还待在柜台后方——无法驾驭自己紧绷的神经。他觉得吉卜赛人在逆光里看上去比印象中还高大、强壮。他觉得自己永远不可能杀得了他。

哈辛多被拉蒙愣头愣脑的模样搞得很焦虑，他将啤酒一饮而尽，又向拉蒙要了一瓶。拉蒙猜，这就是下手时机的暗示。他绕过柜台，走向冰桶，经过吉卜赛人身边时，被一股战栗感给折服。吉卜赛人打直身子，让店主人从自己的面前经过。

拉蒙在冷冻柜旁停下脚步，恰好就站在吉卜赛人左边。碎冰锥在他的指间不停打战。他抬起双眼，隐约看见应该下手捅死吉卜赛人的位置。抹布缓缓掉落下去，碎冰锥露了出来，清楚可见。

吉卜赛人的注意力全部集中在店门口，没注意到拉蒙随身携带武器。他抬起左手臂，喝了一口啤酒。拉蒙见到他腋下的汗水彻底浸湿了衬衫，便朝上头猛刺了进去，深及握柄，接着又一鼓作气，将整支碎冰锥给拔出来。

遭到突袭后，吉卜赛人开始向后退，他绊了一跤，一只手及时抓住货架才没有摔到地面上。他感觉肋骨处被人刺伤、伤口灼热发烫，一只手连忙按压被凿穿一个口的腋下。很快，他的手指全湿了。他举起染红的手，神情诧异地望着，好像在怀疑手上的鲜血是不是自己的，然后又再次摸了摸伤口，朝拉蒙瞪了一眼。

"狗娘养的。"他低声喃喃。

吉卜赛人狂怒地挥舞啤酒瓶，一记猛砸在柜台上。拉蒙被他吓到，赶忙向后退开，手中仍紧紧握着锥子，准备再次攻击。吉卜赛人摇了摇头，深深吸了一口气，胸膛一鼓起，鲜血就在衬衫的布料上晕开，染出一个大大的圆。死亡令他发狂，他向前走了三米，摇摇晃晃走到了门坎前才停下脚步。他望见小店外两个女人正看着自己，被自己的模样吓得呆立原处。

"到此为止。"他气喘吁吁地说着,张大嘴巴想呼吸空气。他的双拳紧握,不断抽搐、发抖,摆出一个疼痛的手势,整个人便渐渐蜷曲起来,那姿势就像弯下腰来捡拾地板上的一枚硬币,最后整个人重重跌垮在干燥的街道上。

拉蒙从柜台后窜出去,站在店里望着吉卜赛人呕出最后一口气。

8

他脸朝地面倒下,满身的汗水渗入沙尘里,双眼圆睁,斜斜地望向人行道上的人群。哈辛多往尸体慢慢欺近,把掌心凑到尸体的鼻子前,想确认他的呼吸。

"他还活着?"托尔夸托问。他和马塞多尼奥及帕斯夸尔刚抵达,立刻围在尸体旁。

"不。"哈辛多简洁有力地回答。他站起身走进店里,发现拉蒙全身颤抖不止,脸色苍白。

"你必须离开这里。"他命令拉蒙。

拉蒙看着他,理解他话里的玄机。

"去哪?"

"随便哪都好，快走就是了。"

"为什么？"哈辛多没有回答。他沉默不语，拉蒙理解，为了自己的将来，他势必得赶紧离开。他打开一个放在柜台下的小箱子，拿走里面所有的钱，然后往大街上走去。

望了敌人的尸首几秒之后，他便开始狂奔起来。

卡斯塔尼奥斯家的老寡妇从墙上一个裂缝隐约目睹拉蒙下手杀人的过程，她神情紧张地冲出家门，看着自己儿子的身影在远方隐没。

9

他在小路上跑着，跑到双腿没力才停步坐在一块石头上休息。他已经跑到一个距离洛马格兰德很远的地方，比帕斯多雷斯合作农场还远的另一头。他检查紧握在手中、沾满鲜血的碎冰锥，用唾液将它清理干净，动作小心翼翼，不想留下任何血迹，然后将它收进腰带间。

他觉得，这个早晨就像往常每个清晨一样空虚，一无所有，热浪却不可同日而语，空气不同了，蝉鸣也不同了。有什么东西改变了一切，让所有事物彻底变了模样。

他口干舌燥，饥肠辘辘。没能沿着圭尔雷赫河旁边的小路逃走真是个错误决定。那一头至少可以取得饮用水，或许也能从渔夫架在河里的篓子里偷到一些小虾。现在，河流在距离他好几公里以外的地方。

他在布满碎石子的空地上徘徊，找寻能够填饱肚子的东西。最后来到一处高粱田，从一株高粱上一把扯下一段成熟的粱穗，然后用舌尖试试味道，想确定上头有没有杀虫剂。现在这个季节，有几个特定的牧场都用小飞机替农作物喷洒农药。粱穗尝起来没有苦涩味，代表并没有被杀虫剂污染。他一连吞了好几把。

接着他离开高粱田，观察太阳的位置，开始朝北方走去。他想那是对自己最有利的路线，去堪萨斯州投靠他的哥哥。

他在荒野外行走了数分钟又突然停下脚步，在口袋里不断翻找，想找到阿德拉的大头照。白费力气，他根本没有将照片带在身边。他有一股冲动，想折返洛马格兰德，为阿德拉再冒一次险，为她再赌上一次性命。他觉得这一切简直太疯狂。毕竟，阿德拉到底是什么人呢？他开始朝北方走，没走几步又再次停下，阿德拉是他的一切，他没办法将她遗忘，他就是没办法。他转身，隐约看见远方艾伯纳山的山棱。他开始走向南方,脚步越来越匆忙、越来越急促。很快,他就能够再一次拥有阿德拉,即使只是在一张皱得稀巴烂的黑白大头照上。

CAST | 出场人物

Ramón Castaños　　　　　拉蒙·卡斯塔尼奥斯——酒馆老板

Adela Figueroa　　　　　阿德拉·菲格罗亚——死者

Justino Téllez　　　　　胡斯帝诺·特列斯——镇代表

Pascual Ortega　　　　　帕斯夸尔·奥尔特加——镇上双腿畸形的少年

Juan Carrera　　　　　　胡安·卡雷拉

Jacinto Cruz　　　　　　哈辛多·克鲁斯——屠夫

Lucio Estrada　　　　　卢西奥·埃斯特拉达

Evelia　　　　　　　　　艾维丽娅——卢西奥的太太

Macedonio Macedo　　　　马塞多尼奥·马塞多

Pedro Salgado　　　　　佩德罗·萨尔加多——拉蒙的表哥

Melquiades　　　　　　　梅尔基亚德斯——佩德罗·埃斯特拉达的弟弟

Pedro Estrada　　　　　佩德罗·埃斯特拉达

María Gaya　　　　　　　玛丽亚·加娅

Eduviges Lovera　　　　爱德维赫·洛韦拉

Margarita Palacios　　　玛加丽塔·帕拉西奥斯——教师

Carmelo Lozano　　　　　卡梅洛·洛萨诺——警长

Guzmaro Collazo	古斯马洛•科利亚索——迷糊少年
Francisca	弗朗西斯卡——拉蒙的母亲
Prudencia Negrete	普鲁登西娅•奈格利特——老妇人
Rosa León	罗莎•莱昂
Gertrudis Sánches	赫特鲁迪斯•桑切斯——妓女
Tomás Lina	托马斯•利纳——药房伙计
Martina Borja	马丁娜•博尔哈
Conradia Jiménez	孔拉蒂娅•希门尼斯
Sotelo Villa	索特洛•比利亚
Torcuato Garduño	托尔夸托•加杜尼奥
Amador Cendejas	阿马多尔•森德哈斯
Ethiel Cervera	埃塞尔•塞韦拉
Natalio Figueroa	纳塔略•菲格罗亚——阿德拉的父亲
Clotilde Aranda	克洛蒂尔德•阿兰达——纳塔略的妻子
Rodolfo Horner	鲁道夫•欧纳——传教士
Luis Fernando Brehm	路易斯•费尔南多•布恩——传教士
Astrid Monge	阿斯特丽德•蒙赫——阿德拉的朋友
Anita Novoa	阿妮塔•诺沃亚——阿德拉的朋友

Jeremías Martínez	赫雷米亚斯·马丁内斯——棺材店前店东
Gabriela Bautista	加芙列拉·包蒂斯塔——萨尔加多的太太
doña Paulina Estrada	保利娜·埃斯特拉达——村子创建人之一
don Refugio López	雷夫吉欧·洛佩斯——村子创建人之一
Ranulfo Quirarte	拉努尔福·奇拉特——绰号"老兄弟"
señor Larre	拉雷先生——猎户
Marcelino Huitrón	马塞利诺·乌依东
José Echeverri-Berriozabal	何塞·埃切韦里·贝里欧萨巴——吉卜赛人
Rutilo Buenaventura	鲁蒂略·布埃纳文图拉——吉卜赛人的朋友
Jiménez	希门尼斯——镇上两大家族
Duarte	杜阿尔特——镇上两大家族
Erasmo	埃拉斯莫——纳塔略的儿子
Marcos	马科斯——纳塔略的儿子
Héctor Montarano	埃克托尔·蒙塔拉诺——胡斯帝诺的朋友
Víctor Vargas	维克托·巴尔加斯——高粱田农夫
Caro Quintero	卡罗·金特罗——知名毒枭
Dolores	多洛雷斯——老寡妇的堂姐
Gelasio	赫拉西奥——老寡妇的大儿子
Graciano Castaños	格拉西亚诺·卡斯塔尼奥斯——拉蒙的爸爸
Raquel Rivera	拉克尔·里韦拉——老寡妇的朋友

Garcés	加尔塞斯——警员
Lorenzo Márquez	洛伦佐·马克斯——走私客
Omar Carrillo	奥马尔·卡里略
Juan Prieto	胡安·普列托——拉蒙最亲密的友人
Susan Blackwell	苏珊·布莱克韦尔——苏珊酒吧的胖老板娘
la Chata Fernández	拉恰塔·费尔南德斯——信天翁客栈女主人
Margarita	玛加丽塔——拉恰塔的女儿
Silvia Espinosa	西尔维娅·埃斯皮诺萨——信天翁客栈合伙人
Carlos Gutiérrez	卡洛斯·古铁雷斯——水利工程师
Felipe Fierro	费利佩·菲耶罗——公共建设工程师
el Rojo Papadimitru	红哥帕帕季米特里乌
Nazario Duarte	纳萨里奥·杜阿尔特
Rogaciano Duarte	罗加希亚诺·杜阿尔特
Javier Belmont	哈维尔·贝尔蒙特——牙医师
Dulcineo Sosa	杜尔辛诺·索萨
Sirenio	西雷尼奥
Hipólito Jiménez	伊波利托·希门尼斯
Adalberto Garibay	阿达尔韦托·加里贝